O AGENTE DO IMPERADOR *CONTRA A* CONSPIRAÇÃO ESCARLATE

EDSON MIRANDA

Linotipo Digital
O AGENTE DO
IMPERADOR
CONTRA A
CONSPIRAÇÃO
ESCARLATE
EDSON MIRANDA

Editores: Laerte Lucas Zanetti e André Assi Barreto

Coordenação de produção: Laerte Lucas Zanetti

Capa: Caroline Rêgo

Diagramação e projeto gráfico: Spress Diagramação & Design
(com elementos de arte de Caroline Rêgo)

Revisão de texto e de provas: André Assi Barreto

Dados Internacionais de Catalogação na Publicação (CIP)
Angélica Ilacqua CRB-8/7057

Miranda, Edson Antonio
O agente do imperador contra a conspiração escarlate / Edson Miranda. — São Paulo : Linotipo Digital, 2020.
128 p.

ISBN 978-65-990263-0-0

1. Ficção brasileira 2. Contos brasileiros I. Título

20-1439 CDD - B869.3

Índices para catálogo sistemático:
1. Ficção brasileira

Este livro segue as regras do Acordo Ortográfico da Língua Portuguesa, em vigor desde 01/01/2009.

2020
Todos os direitos desta edição reservados à
Linotipo Digital Editora e Livraria Ltda.
Rua Álvaro de Carvalho, 48, cj. 21, 2º andar
CEP: 01050-070 – Centro – São Paulo – SP
www.linodigi.com.br – 55 (11) 3256-5823

PREFÁCIO

No final do ano de 2012, decidi escrever um romance de espionagem ambientado no Brasil, um pouco diferente do atual. Mantive na história o regime monárquico constitucional, como se não houvesse sido proclamada a República, contudo, tomei a liberdade de criar novos integrantes da Família Imperial brasileira a partir da princesa Isabel, com a finalidade de proteger a imagem dos atuais sucessores.

Daí, em 2015 foi editado o "Agente do Imperador e o Dedo da Morte", que teve boa aceitação dos leitores e isto me deu enorme ânimo em continuar as aventuras de André Reis, o agente do Serviço Secreto Imperial do ficcional Brasil Imperial do século XXI.

Agradeço a todos os fãs que me motivam a escrever essa saga do novo herói brasileiro.

Este é o segundo livro de uma série de sete que serão escritos. Espero que gostem e se emocionem com a sua leitura. E até o próximo, pois nosso agente sempre está pronto para uma nova missão a serviço de sua Majestade Imperial.

Edson Miranda
São Paulo, 2019.

Dedico este meu segundo romance de espionagem às pessoas que mais amo, Cristiane, minha esposa, e minhas estimadas filhas Mariana, Beatriz e Heloísa.

CAPÍTULO I

Era uma manhã de janeiro de 2018, Reis estava num hotel no sul da Província da Bahia. Estava de férias. Desde que foi reintegrado ao Serviço Secreto Imperial em 2016, já havia participado de outras missões. Com muito custo conseguiu alguns dias de descanso.

Ele estava deitado numa espreguiçadeira sentindo a agradável brisa do mar, que tornava suave aquele calor extremo do verão baiano. Reis tinha ao seu lado uma bela mulher, como sempre. Era uma loira estonteante, com cabelos quase platinados. Vestia um biquíni estampado vermelho, usava óculos escuros e um chapéu azul e vermelho. Ela manipulava um tablete, lendo as fofocas do dia.

Reis mantinha-se quieto, absorto em seus pensamentos. Ele estava avaliando sua vida nos últimos meses. Há menos de dois anos ele estava apenas lecionando na Universidade Cole, totalmente incógnito de sua verdadeira profissão. De uma hora para outra, voltara à ativa, a pedido do imperador, Dom Pedro IV. Mas Reis não imaginava que voltaria a trabalhar com tamanha intensidade. Já se passaram três novas missões. Puxa! Pensou ele.

Naquele momento veio à mente a imagem da princesa Cristina. Reis sabia que aquela mulher mexia com seus sentimentos e ele, de olhos fechados, sacudiu a cabeça de um lado ao outro. Lamentava a última noite em que o encontro deles foi interrompido pelo aviso de uma nova missão.

Contudo, Reis teve seus pensamentos cessados abruptamente.

— Reis veja o que está acontecendo. Disse a loira estendendo o braço com o tablete em direção a Reis.

Reis empurrou o tablete com sua mão esquerda, sem se levantar ou sequer levantar a cabeça, dizendo:

— Minha querida. Não quero saber de nada. Nem mesmo se os marcianos viessem aqui na Bahia para me convidar para uma roda de capoeira.

A loira, agora sentada na espreguiçadeira, olhou para Reis, virou sua cabeça para a direita, levantando-a levemente, exclamando.

— Reis, os marcianos não desceram aqui, mas tem um soldado vindo em sua direção.

Uma sombra cobriu a cabeça de Reis. Ele abriu os olhos e virou a cabeça ainda deitado, buscando identificar o seu visitante. Olhou e virou-se para a loira falando calmamente:

Ele não é um soldado. É um capitão-aviador.

Reis sentou-se e olhando para o militar disse meio em tom de chacota:

— Capitão, em que posso ajudá-lo?

— Comandante, eu sou o capitão Frade e tenho ordens de levá-lo para a capital do Império imediatamente. Disse o capitão, que suava em bicas, estando de uniforme naquela praia paradisíaca.

— Lamento, mas estou de férias. Numa outra oportunidade. Respondeu Reis, voltando-se a deitar.

O capitão insistiu:

— Comandante, minhas ordens são para levá-lo por bem ou por mal.

A loira assistia a tudo atônita.

Então, Reis sentou-se novamente e ergueu-se, dirigindo--se a ela:

Meu amor, fica encerrada a minha estada aqui.

Ela olhou para ele e soltou a fatídica pergunta:

— Reis, você me disse que era professor. Mas afinal você é também comandante?

— Minha querida, sou comandante de navio. Navio pirata. Respondeu Reis, beijando a testa dela e seguindo atrás do capitão.

A loira virou-se para o senhor, que estava deitado, do outro lado de sua espreguiçadeira e disse:

— Bem que eu ouvi que o primeiro-ministro iria pegar firme e acabar com a pirataria! Um homem destes, pirata!

CAPÍTULO II

Voltando da praia em sentido ao hotel, Reis buscou organizar seu novo roteiro:

— Bem, capitão, eu vou ao meu quarto pegar minhas coisas, pagar a conta e seguimos para a capital.

Não. Respondeu o capitão, para em seguida, ele ditar o roteiro:

— Comandante. Suas malas já estão feitas e estão no avião que o espera. Durante a viagem o senhor se arrumará para o seu compromisso. É o máximo que posso lhe dizer no momento.

Reis levantou as sobrancelhas fazendo cara de quem não concordava com nada daquilo que acontecia.

Logo veio um pequeno veículo de transporte branco, daqueles que se usam nos campos de golfe.

Ambos embarcaram no veículo e seguiram para o aeroporto anexo ao hotel.

Lá chegando, Reis avistou um jato executivo da Força Aérea Imperial, pronto para partir.

Desceram do veículo que estacionou em frente à escada de embarque e o capitão fez sinal para Reis subir.

Reis subiu as escadas e, ao entrar, viu uma bela figura. Feminina é claro. Ele conhecia aquela moldura.

Passados alguns segundos, Reis reconheceu aquela obra prima da natureza. Era Lídia, sua colega do Serviço Secreto Imperial. Fazia dez anos que não se viam, mas ela continuava uma morena deslumbrante, vestindo um belo vestido branco e preto.

Reis logo animou-se, arremessando a toalha que trazia consigo no banco de passageiros da aeronave:

— Agora sim. Esta história ficou muito melhor.

Lídia mediu Reis da cabeça aos pés e arrematou:

— Você não mudou. Continua o mesmo. Um pouco grisalho, mas o mesmo atrevido de sempre. Agora um safado quase sem roupa.

Afinal, Reis estava apenas vestindo um short e um par de chinelos de praia.

Reis retrucou:

— Isso não é jeito de tratar um colega. Um colega desprovido de trajes adequados para viagem com uma beldade como você.

Ela riu e abriu os braços para ele.

O abraço, digamos que foi mais que fraterno.

O capitão-aviador fez que nada viu e apenas falou num tom um pouco enérgico, dirigindo-se aos dois:

— Por favor, sentem-se, partiremos em dois minutos.

Lídia empurrou Reis, falando:

— Bem, chega de abraços.

Ele riu e se sentou logo na primeira poltrona que viu e ela fez o mesmo.

Afivelaram os cintos e logo a porta da aeronave se fechou, taxiando para a decolagem.

Reis olhando para Lídia disse:

— Lídia. E seu simpático pai como está?

— Ele ainda deseja te matar. Respondeu Lídia rindo e começaram a conversar sobre o que havia ocorrido em suas vidas naqueles últimos dez anos.

A aeronave rapidamente alcançou o seu teto de viagem em velocidade de cruzeiro e o aviso de atar cintos apagou.

Lídia falou para Reis:

— Na toalete da aeronave você encontrará seu uniforme. Vista-o. Ele imagina que você de uniforme chamará menos atenção.

Reis imaginava que por "ele", ela se referia ao coronel Barroso.

Levantou-se Reis em direção ao toalete. Ao passar por Lídia, esta lhe deu um beliscão no traseiro.

Ele pegou a mão dela e a empurrou bem em tom de brincadeira. Era algo típico de ex-namorados.

Ao abrir a porta da toalete, Reis virou-se para Lídia e disse:

— Lídia, venha aqui ver uma coisa.

Ela caminhou até a porta, fazendo com que seu *derriére* sambasse de um lado para outro, de forma quase que hipnótica.

Quando chegou perto de Reis, ele a pegou pela mão e a puxou para dentro da toalete.

Ruídos impublicáveis vieram de dentro daquele pequeno cubículo, mas inaudíveis ao capitão e ao piloto, que estavam na cabine do avião.

Passados uns vinte minutos, saiu Lídia da toalete arrumando os seus lindos cabelos negros, puxando o seu vestido para baixo, um pouco fora do lugar.

Dentro da toalete, Reis viu seu uniforme pendurado e decidiu inspecioná-lo antes de vesti-lo. Afinal, há anos, não vestia fardamento militar.

Reis verificou que o uniforme era muito bem cortado e costurado. Ao olhar com mais cuidado percebeu que era o seu traje militar, que Ferrari havia feito para ele sob encomenda. Na hora ele entendeu o que havia ocorrido. Alguém havia entrado em seu apartamento e pego a roupa. Só podia ser uma pessoa: Lídia. Ela sabia que ele gostava de uma fatiota com bom caimento.

Em verdade, Lídia manteve um *affair* com Reis e nunca devolveu as chaves do apartamento. Logo, foi ela lá esteve para pegar a farda.

O agente sacudiu a cabeça e sorriu, passando o seu traje militar.

CAPÍTULO III

Ao sair da toalete da aeronave, Reis caminhou pelo corredor para sentar-se ao lado de Lídia e foi logo dizendo:

— Muito obrigado. Nada como vestir roupa sob medida.

— De nada. O uniforme ainda lhe cai muito bem. Mas, veja esse relatório. Respondeu Lídia entregando-lhe um tablete.

Com o tablete na mão, imediatamente a tela iluminou-se e Reis colocou o equipamento em frente ao seu rosto e passou a fazer caretas. É evidente que o tablete tentava fazer a leitura biométrica dele, mas não havia o reconhecimento.

Lídia falou:

— Reis, pare com isso. Parece criança. É sério.

Ele riu e parou de fazer caretas. Logo o equipamento o reconheceu e em seguida deu início à segunda fase de segurança pedindo que ele se identificasse falando o nome e função. Reis assim procedeu.

O relatório foi apresentado. O semblante de Reis mudou rapidamente, passando a franzir a testa. Sinal típico dele de que o caso era muito sério.

Passados alguns minutos, o relatório foi finalizado e automaticamente apagado pelo sistema.

Reis permaneceu quieto. Pensava na gravidade da situação, quando percebeu que a aeronave não seguia para a Capital Imperial, pois o sol estava atrás do avião e não ao seu lado esquerdo, como deveria ser. Ele indagou:

— Lídia, afinal, para onde vamos?

— Para a Capital. Ela respondeu, emendando:

— Para a futura Capital.

Ela se referia a Brasília, que já estava funcionando como cidade há vários anos, mas ainda não havia se transformado em Capital do Império.

Na realidade, a cidade já havia sido fundada há três décadas, mas havia a preocupação que ela primeiro se estruturasse como um centro urbano, mas não como um amontoado de funcionários públicos, o que poderia transformá-la numa ilha da fantasia.

Passada uma hora, Reis avistou Brasília pela janela. Era uma bela cidade. A Esplanada dos Ministérios estava pronta e os demais palácios estavam em fase final de construção.

O Parlamento, o Palácio do Planalto, destinado ao primeiro-ministro, e o palácio da Alvorada, para a residência da Família Imperial, já estavam concluídos.

O projeto era da década de 60 do século XX, mas foi modernizado com o decorrer do tempo. Foi construída aos poucos. Era uma bela cidade, mas que guardava alguns mistérios.

A aeronave de Reis posou na base aérea de Brasília.

O agente especial se levantou, mas Lídia não se mexeu. Ele disse:

— Você não vem?

Ela sacudiu a cabeça de um lado para o outro e respondeu:

— Aqui a conversa é só para os graúdos. Eu vou para o Rio.

Reis inclinou a cabeça para a direita e, com os antebraços levantados virou as mãos como se dissesse: *Ces't la vie*[1].

Ele beijou a testa dela e se virou para a porta da aeronave, que já estava aberta. Esticou o paletó do uniforme e colocou o quepe na cabeça.

---

[1] É a vida.

CAPÍTULO IV

Ao sair da aeronave, viu um automóvel sedan de quatro portas na cor cinza da Marinha Imperial. Ao lado do veículo, estava um primeiro sargento da Armada, que lhe prestou continência. Reis respondeu a continência e entrou no veículo.

O sargento entrou no automóvel, deu partida e cumprimentou o agente:

— Bom dia comandante, seja bem-vindo.

Reis levantou-se um pouco do banco e pôs a mão esquerda no ombro direito do motorista e respondeu:

— Bom dia primo.

E ambos riram muito.

Na verdade, o sargento não era parente de Reis. Mas seu sobrenome era Reis. Sargento Reis.

Ambos trabalharam juntos em muitas missões. O sargento fora assistente de Reis por muitos anos.

Dirigindo o veículo com muita tranquilidade, o sargento, com regozijo, comentou:

— Comandante, que saudade. Pensei que o senhor nunca mais voltaria para a ativa.

Reis, por sua vez, em seus pensamentos lembrava de uma ocasião em Marselha, sul da França, em que o sargento salvou sua pele.

Estavam num bar no porto, digamos que não era um dos mais recomendáveis. O mais simpático ali tinha a aparência de quem tinha matado a mãe e Reis havia bebido além da conta, decidido a encarar alguns brutamontes. Era uma surra certa, pois eles estavam em oito contra dois. O sargento, que estava sóbrio, não teve dúvidas. Pegou uma garrafa e a quebrou na cabeça de Reis, que na hora caiu no chão. Os adversários ficaram atônitos com o acontecido e o sargento aproveitou-se da situação e arrastou Reis pelo chão em direção à porta do estabelecimento, livrando-o de uma fria.

Os pensamentos do agente especial foram interrompidos com a continuidade da fala do sargento:

— Ontem, meu comandante pediu um voluntário para ser assistente do senhor nessa nova missão. E eu, na hora, me apresentei. Não ia perder essa oportunidade de nenhum jeito.

Reis abriu um sorriso e perguntou:

— Sargento. E a família como está?

Estão todos bem. Minha esposa reclama muito de que não paro em casa. Mal sabe ela no que trabalho. O menino está na Academia Naval. Vamos ter um oficial na família, enfim! E a menina vai, no próximo ano para a universidade. Quer ser advogada.

O agente ouviu atentamente e indagou o sargento:

— E você o que pretende?

— Eu pretendo me aposentar logo após nossa missão. Chegou a hora de aproveitar a vida.

— Muito bem. Respondeu Reis, que emendou:

— E para aonde vamos?

Vamos para o novo Centro de Defesa Aérea.

Nisso, o sargento parou o veículo num portão que dava acesso ao Palácio do Planalto e apresentou suas credenciais.

O soldado que estava na guarita indicou ao sargento um portão de aço logo à frente. Ele sacudiu a cabeça como se dissesse que já sabia onde ficava o local.

Ao pararem o veículo em frente ao portão, esse se abriu e o automóvel entrou numa espécie de elevador. A iluminação branca passou à cor azul. Era o sistema de escaneamento do veículo e de seus ocupantes. Permitia a verificação completa. Indicando a existência de qualquer artefato suspeito, como um artefato explosivo, por exemplo. Além disso, a precisão do scanner era tão grande que identificava os ocupantes. Luzes em formato de linhas na cor azul cruzavam o veículo no sentido horizontal e vertical.

Passados 30 segundos, a verificação foi concluída e o elevador começou a descer.

Reis sabia que o novo Centro de Defesa Aérea foi construído bem abaixo do solo. Algo em torno de uns 50 metros de profundidade e todo revestido de uma grossa manta de concreto armado, que o protegia de ataques nucleares, químicos e biológicos. Fora construído com tecnologia alemã de última geração.

O elevador parou e o sargento pôs o automóvel em movimento. Era uma área muito bem iluminada e consistia num estacionamento para uns cinquenta veículos. Na parede oposta havia uma grande porta retangular de aço. Ao lado da porta dois soldados da Infantaria da Força Aérea Imperial fortemente armados.

De fronte à porta de aço, havia uma linha amarela. O sargento fez sinal para Reis ficar atrás dessa linha. Ambos se posicionaram e, novamente, foram submetidos a um scanner de identificação biométrica. Linhas azuis iluminadas horizontais e verticais varriam os dois.

Encerrada a nova verificação de segurança, a porta de aço se abriu. Ela era enorme e tinha a espessura de um metro. Parecia um cofre de banco.

Eles adentraram ao recinto. Era um corredor largo. Na verdade, uma passarela que passava por cima da sala de controle. Esta era um enorme salão com um pé direito de uns dez metros, com imensos monitores. No piso, várias bancadas com monitores de computadores e quase uma centena de militares e civis trabalhando freneticamente.

Reis sabia que aquela movimentação indicava que algo muito grave estava acontecendo.

O corredor finalizava numa outra porta de aço polida. Ao lado estavam mais dois soldados da infantaria da Força Aérea Imperial também fortemente armados. Eles prestaram continência a Reis e imediatamente a porta se abriu, como se fossem as portas de um elevador.

O agente especial viu um outro salão todo em concreto e dentro dele uma grande sala envidraçada erguida acima do piso. Para entrar na sala tinha que se usar uma rampa construída em aço.

O sargento falou a Reis:

— Eu fico por aqui e espero o senhor. Eles o aguardam.

Reis sacudiu a cabeça assentindo e subiu a rampa. Uma porta de vidro automaticamente se abriu e ele entrou na sala envidraçada. Nela havia uma grande mesa com um monitor holográfico de alta resolução e em cada lado da sala retangular havia monitores, também de altíssima resolução.

Um tenente da Força Aérea Imperial indicou a Reis um assento próximo e ao lado da porta de entrada.

Ele se sentou o colocou o quepe no seu colo.

CAPÍTULO V

Na sala estavam as maiores autoridades do Império. O presidente da Assembleia, Aparício Dias e a presidente do Senado Josefina Dias. Eles eram casados e chamados como o casal mais poderoso do Império, já que comandavam as duas casas legislativas.

O presidente do Supremo Tribunal de Justiça, Adib Casseb, também estava presente. Ao seu lado estava o Barão de Natal, ministro das Relações Exteriores. Do outro lado da mesa estavam os três comandantes das Forças Armadas: General Louzada do Exército, o Brigadeiro Kiyohara e o Almirante Bicca.

Numa segunda fileira de cadeiras, atrás das autoridades, havia mais civis e militares, possivelmente assessores diretos do alto escalão.

Naquele instante todos se levantaram.

Adentraram à sala o imperador Dom Pedro IV, envergando o uniforme de almirante da Marinha Imperial, o primeiro-ministro, Felipe Humberto Cordeiro e um general. Era Danimar.

Quando Reis viu Danimar, logo percebeu que a situação era a pior possível, já que ele, além de ser o melhor *sniper* do Brasil, era também doutor em Estratégia Militar de Defesa do Território do Brasil. Estava patente que o Brasil estava para ser invadido por forças militares estrangeiras.

Todos se sentaram num silêncio sepulcral.

Danimar posicionou-se ao lado da mesa, abaixo de um dos monitores.

A sala teve a luminosidade reduzida. Os vidros ficaram esbranquiçados e ouviu-se um barulho seco como se um lacre tivesse sido fechado. Era sinal de que a sala estava imune a qualquer espécie de escuta ou de espionagem eletrônica. Nenhum equipamento de comunicação funcionava naquela sala a partir daquele momento. Estavam todos bloqueados e isolados do mundo. Ninguém na parte externa saberia o que se comentava naquela sala.

Abrindo sua exposição, disse Danimar aos presentes:

— Majestade, primeiro-ministro, senhores comandantes, demais autoridades. É do conhecimento de todos os presentes que, anteontem, na madrugada, aproximadamente às 3:30 horas, cinco aviões sobrevoaram o sul da Província do Amazonas e lançaram um agente biológico, que devastou cinco por cento da floresta Amazônica brasileira. Nossos registros eletrônicos confirmam o plano de voo dessas cinco aeronaves da Força Aérea Imperial, mas os verdadeiros aviões sequer saíram do solo. Com certeza, *hackers* ingressaram no sistema aeronáutico nacional e plantaram os dados. Na mesma madrugada, imagens das aeronaves e todos os dados eletrônicos desse voo foram enviados para o presidente da *Paix Verte et Blanche*[2], Jean Michel Lebron, que, por sua vez, deu conhecimento à imprensa dessa inverídica agressão do Brasil ao seu próprio território.

Reis ouvia tudo com atenção. Ele sabia que Jean Michel Lebron insistia muito que a Amazônia fosse internacionalizada e que aquela situação era tudo o que ele queria.

Danimar continuou sua exposição:

[2] Paz Verde e Branca

— No mesmo dia, o assunto foi submetido ao Conselho de Segurança da ONU, com uma proposta de intervenção militar na Amazônia brasileira. Evidentemente o Conselho de Segurança da ONU não aprovou a proposta, mas os quatro países proponentes, Estados Unidos, França, Rússia e China, decidiram criar a Colisão *Amazonia Forever* e impor um embargo comercial ao Império do Brasil. Nossos órgãos de inteligência já informaram que estão sendo formadas quatro frotas navais, capitaneadas por quatro super porta-aviões, para impor o embargo comercial marítimo.

Nesse momento, as telas dos monitores da sala apresentaram imagens do *mapa mundi* com a indicação da localização de cada uma das frotas.

O expositor explicava que Estados Unidos, Rússia e França enviavam suas frotas pelo Oceano Atlântico e que, muito provavelmente, em menos de 10 dias essas frotas já estariam em posição estratégica para estabelecer o embargo comercial. A frota Chinesa partira da Ásia em direção à Colômbia, para o caso de ser deflagrado um conflito armado, para iniciar uma incursão terrestre à Amazônia brasileira.

Naquele momento, Danimar passou a palavra ao almirante Bicca, Comandante Geral da Marinha Imperial.

O almirante Bicca era um homem baixo, meio calvo, olhos claros, pele extremamente branca, já com seus setenta e poucos anos, muito conhecido por seu bom humor. Mas, naquela oportunidade, seu semblante estava carregado.

O velho marinheiro se levantou, olhou para todos e iniciou sua preleção.

— Majestade, senhor primeiro-ministro. Estamos enviando nossas quatro frotas, para proteger o mar territorial brasileiro. Os porta-aviões nucleares Tamandaré, Barroso e Cochrane serão as naus capitânias das frotas do Sul, Sudeste e Nordeste.

O porta-aviões convencional São Paulo será a nau capitânia da frota do Norte. Todos os nossos 55 submarinos já estão no mar patrulhando a fronteira marítima e protegendo as frotas. O submarino nuclear Benjamin Sodré está retornando ao nosso território, por conselho de Sua Majestade, para que não especulem uma eventual ameaça de represália bélica do Brasil às nações que pretendem impor o embargo comercial.

Reis ouviu tudo com atenção, mas como ex-oficial da Marinha Imperial, ele se mantinha muito bem informado sobre o poder da nossa Armada. Ele sabia que já possuíamos sete submarinos nucleares, sendo um deles, um lançador de mísseis balísticos, justamente o Benjamin Sodré. Uma justa homenagem ao grande almirante da marinha brasileira, que era conhecido como o "Velho Lobo".

O almirante Bicca continuou:

— Nós temos todos os meios para enfrentar as três frotas que se avizinham do Brasil, contudo, se realmente entrarmos em confronto, garanto aos senhores que será a maior batalha naval depois da Segunda Grande Guerra. Mas isto não me conforta, ao contrário, me entristece, pois o preço pago será muito alto para os meus meninos.

Bicca assim se referia aos seus comandados: meus meninos.

O velho almirante abaixou a cabeça e se sentou.

Imediatamente, levantou-se o general de quatro estrelas Louzada. Era um homem alto, forte, também um pouco calvo. Usava óculos de lentes retangulares que reduziam um pouco seus olhos verdes.

O general Louzada foi direto ao assunto:

— Majestade, senhores. O Exército Imperial está reforçando toda a nossa fronteira na Amazônia. As pontes estão fechadas e foram todas preparadas para serem explodidas, para um eventual retardo a uma tentativa de invasão do nosso território. Também estamos nos preparando para fortificar todo o norte e o nordeste brasileiro, para impedir o desembarque de tropas. Além disso, estamos instalando, em pontos estratégicos, baterias antimísseis em todo o litoral e no oeste da Amazônia. Eu garanto aos senhores que eles poderão entrar na nossa selva, mas de lá não sairão.

Por fim, Danimar deu a palavra ao brigadeiro Kiyohara.

O brigadeiro Kiyohara, o mais novo dos comandantes, era, evidentemente, um descendente de japoneses. Verdadeiro samurai. Tinha seu cabelo impecavelmente preto, rosto meio arredondado. Ele retirou os óculos, passou os dedos da mão direita nos olhos e disse em tom solene:

— Majestade, Senhores. A Força Aérea Imperial fará a vigilância de todo o território continental e está preparada com nossos esquadrões de interceptação Tossen, para qualquer incursão aérea do inimigo. Estamos em alerta vermelho máximo. Vamos enfrentar nossos inimigos com coragem. A vitória é o nosso único objetivo.

Em seguida, fez-se silêncio. O imperador levantou-se. Todos ficaram em pé. O rosto dele estava carrancudo, o que era incomum, foi sucinto:

— Senhores comandantes. Como meu trisavô, Dom Pedro II, na Guerra do Paraguai, não hesitarei na defesa do nosso amado país. Conheço todos os senhores e tenho a certeza de que farão o melhor pelo Brasil e por nosso povo, mas espero que não sejamos obrigados ao uso da força para a nossa proteção. Muito obrigado.

O primeiro-ministro agradeceu as providências de todos e pediu que na sala apenas ficassem o general Danimar e o Comandante Reis.

Os demais saíram. Os três comandantes das Forças Armadas Imperiais passaram por Reis e olharam para ele como se indagassem: quem é esse sujeito, para confabular com o imperador e o primeiro-ministro a sós?

Reis prestou continência a todos. Já estava costumado a essas situações.

Fechada a porta da sala e nublados os vidros novamente, o Imperador pediu que se sentassem e se dirigiu a Reis em tom cordial.

— Meu amigo. Há pouco tempo te tirei da aposentadoria e agora, mas uma vez, te darei uma missão da mais alta importância. Se obtiver sucesso, acredito que evitaremos o confronto armado.

Virando-se para o general Danimar, ordenou:

— General, como Chefe do Serviço Secreto, por favor, instrua o comandante Reis.

Reis espantou-se, o que teria havido com o Coronel Barroso?

Danimar viu o espanto de Reis e decidiu, antes de mais nada, explicar o que estava acontecendo:

— Comandante Reis. Vejo a sua expressão de espanto. Eu assumi interinamente a Chefia do Serviço Secreto, pois o coronel Barroso está de licença há alguns dias. Ele teve uma sincope nervosa. Aquele voo de paraquedas de sua Majestade, na abertura das Olimpíadas, foi demais para ele.

Apesar da situação, o primeiro-ministro abriu um sorriso. Na verdade, ele sempre se divertia com os acessos de nervos do coronel Barroso, que eram invariavelmente exagerados.

Danimar voltou a falar, agora em tom mais informal:

— Reis. Sua missão será descobrir quem armou esse ataque químico à floresta Amazônica e nos transmitir as informações antes do confronto com as frotas que se aproximam do Brasil. A equipe de São Paulo do Serviço Secreto já tem informações sobre o agente químico utilizado e já encontraram o responsável por sua criação. Eles te passarão todas as informações, equipamentos e instruções pormenorizadas. Você seguirá para São Paulo pelo trem bala imediatamente. O sargento Reis irá consigo nessa missão. Ele foi voluntário. Disse que não ia deixa-lo se meter em confusão.

Um pequeno sorriso iluminou o rosto de Danimar, naquela reunião tão tensa.

Reis sorriu e o imperador descontraiu um pouco:

— Reis, boa sorte meu amigo. Vejo que estará bem amparado.

Levantando-se e prestando continência ao imperador, vaticinou:

— Cumprirei minha missão, Majestade. O responsável será localizado e punido.

Mas, sabia Reis quem era o verdadeiro responsável? Nem em seus maiores devaneios poderia imaginar.

Reis deu meia volta, dirigiu-se à porta da sala, que abriu e ele saiu.

O primeiro-ministro olhou para o jovem general e perguntou:

— Ele terá sucesso?

— Se bem o conheço, ele dará a vida por essa missão. É o que posso dizer.

CAPÍTULO VI

Ao sair da sala de reuniões, Reis já encontrou seu "primo" esperando-o:

— Comandante, já tenho instruções para irmos para estação ferroviária.

Andando com rapidez, Reis indagou:

— Não entendo, o trem bala não está ainda pronto pelo que sei.

— Comandante, pelo jeito ficou pronto. Respondeu o sargento.

Quando ambos chegaram ao terminal do trem bala em Brasília, espantaram-se. Estava em obras. Dava-se para notar que era uma obra estupenda. Um edifício retangular totalmente envidraçado com estrutura interna de aço polido.

Os dois ficaram parados de fronte à entrada do terminal em fase de finalização de sua construção, ambos pensando como iriam embarcar em algo que nem estava funcionando.

Nisso, um sujeito magro, com uniforme de obras cinza aproximou-se deles. Ele trazia consigo dois capacetes na cor branca de uso na construção civil e os entregou a Reis e seu assistente, apenas dizendo em voz alta, por causa do barulho advindo da obra:

— Sigam em frente até o final. O trem os espera.

O sujeito como surgiu, desapareceu sem mais esclarecimentos.

Os dois colocaram os capacetes e seguiram seu caminho.

Ingressaram por um corredor longo, que desembocava na área de embarque.

Ao chegarem encontraram um trem moderníssimo todo na cor branca, com faixas verdes e amarelas em suas laterais, com imensas janelas. Ao lado do primeiro vagão havia o símbolo das armas do Império.

Eram no total apenas três vagões. O primeiro estava com uma porta aberta e dela saiu um funcionário uniformizado da companhia privada, que administraria aquele empreendimento. Ele até parecia um comandante da aviação comercial, trazia consigo um tablete.

Foi logo cumprimentando e dizendo:

— Senhores. Boa tarde. Recebemos instruções para conduzi-los a São Paulo com a maior rapidez. Estamos ainda em fase de testes e não poderíamos levar passageiros, mas recebi ordens superiores para levá-los conosco.

Virou-se de lado e estendeu o braço esquerdo e os convidou para entrar.

— Eles entraram no vagão. Havia quatro fileiras de poltronas, como numa classe executiva de um avião comercial. Todas estavam envoltas em sacos plásticos, exceto duas, que presumiram que a eles eram destinadas.

— Sentem-se por favor e coloquem os cintos de segurança. Determinou o funcionário, que na verdade era um dos condutores.

Dirigiu-se à frente do vagão para a cabine de comando do trem. Abriu a porta e entrou fechando-a imediatamente. Nesse instante, a porta do vagão fechou-se automaticamente. O trem começou a pegar velocidade. Ambos puderam ver o estágio avançado das obras de Brasília.

Rapidamente saíram da área urbana e somente viam a paisagem de um outrora cerrado, que se transformara numa área agropecuária muito produtiva.

Reis sentiu um ronco em seu estômago. Seu assistente riu e indagou:

— Com fome comandante?

Reis olhou para seu velho companheiro respondendo:

— Comeria um boi com chifre e tudo.

Nisso, a porta da sala de comando se abriu. Era o mesmo funcionário portando uma caixa de vime entrelaçada, uma espécie de pequena cesta de piquenique, que entregou ao sargento.

O assistente de Reis, curioso, abriu a caixa. Nela havia uma garrafa do espumante preferido de Reis: *Chandon Excellence brut*, 2005. Duas taças de cristal. Além de *foie gras*, manteiga, torradas e caviar. Havia também um pequeno bilhete dobrado dirigido a Reis.

O assistente do agente especial pegou o bilhete e o entregou a Reis e nele estava escrito.

"Amigo Reis. Uma cortesia do Serviço Secreto Imperial, para abrandar sua fome. Danimar."

Reis abriu um sorriso e dirigindo-se ao seu assistente disse:

— Com o General Danimar tudo é em outro nível.

— Verdade comandante. Disse o assistente de Reis, já abrindo o espumante.

Os dois riram a viagem toda, lembrando as missões passadas e os apertos que passaram.

O tempo voou. Logo, já avistaram a imensa metrópole paulistana. O trem chegou à Estação da Luz, velho edifício construído pelos ingleses em 1867.

Logo ao parar, a porta da sala de comando se abriu e o condutor desejou uma ótima estada em São Paulo aos dois viajantes exclusivos.

Reis desceu do trem com seu assistente. Parou, olhou para um lado, olhou para outro e não viu ninguém que o estivesse esperando.

O velho assistente alertou:

— Comandante. É por nossa conta. Por segurança, poucos sabem de nossa missão e paradeiro. A vinda de trem teve esse escopo. Espere um pouco e me encontre na porta da estação, vou providenciar nosso transporte.

Reis aguardou um pouco na plataforma e ficou admirando a belíssima estrutura da estação. Alguns militares do exército passaram por Reis e lhe prestaram continência. Um pequeno garoto veio ao encontro dele e logo atrás seguia a mãe, tentando segurá-lo.

O menino chegou próximo a Reis e perguntou:

— Marinheiro, é verdade que vamos entrar em guerra?

Logo foi interrompido pela mãe, que o repreendeu:

— Juan. Meu filho. Não incomode o comandante. Ele não é um marinheiro. Ele é um capitão da marinha.

A mãe era uma bela morena bem vestida. Vistosa. Reis não se controlou:

— Deixe o menino a vontade.

O agente agachou-se e respondeu ao garoto:

— Fique sossegado. Não haverá guerra, mas fique de prontidão soldado.

O menino se empertigou todo e prestou continência a Reis, que lhe respondeu o cumprimento militar.

Reis virou-se para mãe e perguntou:

— Vejo que conhece uniformes e patentes militares.

— Meu pai era suboficial da Marinha Imperial. Vivi entre militares. Respondeu a bela mãe morena.

— Interessante. Perdoe-me, mas tenho que seguir. Respondeu Reis esticando a mão para a despedida. No que foi retribuído.

Reis foi no sentido da saída da estação, mas pensando na bela morena: Ah, se eu tivesse tempo...

CAPÍTULO VII

Ao chegar à rua, Reis viu um automóvel estacionar. Era seu "primo" dirigindo uma Mercedes E500, 2017, na cor prata. Reis abriu a porta de trás e se sentou indagando-o:

— Aonde você conseguiu esse carro?

O assistente riu e respondeu:

— Comandante, nem me pergunte isso.

Ambos caíram na gargalhada.

Eles passaram próximos ao monumento em homenagem a Ramos de Azevedo, o grande arquiteto que moldou parte de São Paulo, que ficava em frente à Pinacoteca paulista.

Seguiram pela rua Brigadeiro Tobias, e subiram a avenida Ipiranga, com seus maravilhosos cinemas, restaurantes e cafés.

Reis a tudo observava. Era fã incondicional do centro da cidade de São Paulo. Ele bateu com a mão esquerda no ombro direito do sargento e ordenou:

— Me deixe na Barão de Itapetininga. Vou a pé.

— Mas comandante! Exclamou o sargento.

— Fique sossegado, eu sei o caminho. Vai levar apenas alguns minutos. Estou com saudade da minha terra.

O sargento encostou o veículo à esquerda da avenida Ipiranga.

Reis desceu e colocou seu quepe e atravessou a rua mais chique de São Paulo. Louis Vuitton, Gucci, Prada, Salvatore Ferragano. As melhores lojas do mundo lá estavam naquela via. Era uma espécie de Via Condotti de São Paulo.

Mais à frente, estava a loja de departamentos Mappin Store, instalada num prédio em estilo *art decó* de 1939. Uma loja do nível da Harrods de Londres, ainda com desfiles de moda e casa de chá. De fronte da já centenária loja de departamento, inaugurada em 1913, estava o belíssimo Teatro Municipal, obra do arquiteto Ramos de Azevedo.

Seguindo seu caminho para o centro velho, Reis passou pelo edifício Alexander Mackenzie, que se transformara num shopping refinado, que lhe lembrava a Galeria Pacífico de Buenos Aires.

Atravessou o Viaduto do Chá e cruzou a praça do Patriarca em direção à rua da Quitanda, quando Reis percebeu que estava sendo seguido. Sempre atento, mantendo seu ritmo de caminhada, com base no reflexo das vitrines, o agente especial verificou que seu o perseguidor nada mais era do que um punguista.

O sujeito partiu para cima de Reis, para tentar arrancar-lhe o relógio. Azar do meliante, pois o relógio de Reis não saia do pulso com facilidade.

No momento em que o punguista pegou no pulso esquerdo de Reis, este, com muita rapidez, girou seu braço esquerdo enrolando-o no braço direito do meliante, puxando o corpo dele ao seu. Tudo foi muito rápido e inesperado, o punguista, só percebeu o que havia acontecido, se percebeu, quando o agente do imperador lhe deu soco no maxilar inferior, deslocando-o e fazendo o sujeito desmaiar imediatamente.

Reis pegou o corpo inerte do mequetrefe e o pôs sentado ao chão, com as costas curvadas para frente, apenas segurando os ombros dele, para não cair. Poucas pessoas por perto perceberam o que estava acontecendo. Dois policiais da Força Pública, com seus indefectíveis uniformes azul marinho correram em direção a Reis. Um deles agachou-se para examinar o desmaiado e o outro ia começar a interrogá-lo sobre o acontecido, mas antes prestou-lhe continência, afinal estava à frente de um oficial superior a ele.

Reis com sua tradicional "cara de pau", começou a explicar que o sujeito desmaiou ao seu lado e que ele apenas o amparou, justificando o fato por causa do calor excessivo do verão paulistano.

Mas, o outro policial interrompeu o breve interrogatório:

— Sargento, esse aqui é o tal do Ventoinha.

O sargento abaixou-se e levantou o rosto do meliante e vaticinou:

— Este aqui vai passar um bom tempo trancafiado na prisão. Estávamos há meses atrás dele.

Rindo, o sargento, levantando-se e esticando o uniforme, olhou para Reis e disse:

— Capitão, obrigado por ter amparado esse sem vergonha aqui. Siga seu caminho. Boa tarde.

Reis respondeu também em tom cortês e irônico ao mesmo tempo:

— Até logo. É um prazer ajudar ao próximo.

Reis virou-se em direção à rua da Imperatriz. Nela chegando, dirigiu-se ao número 215. Era um edifício antigo com a fachada inspirada em castelos italianos de Florença, nele estava instalada uma típica agência bancária.

Ele entrou no estabelecimento, que era belíssimo, com pisos de mármore Carrara em tons marrons e brancos e um pé direito enorme, com colunas gigantescas forradas em madeira. À sua frente está uma atendente. Reis retirou sua carteira do bolso direito do paletó do uniforme e sacou um cartão de crédito de cor preta e o exibiu à atendente.

Ela, imediatamente, o cumprimentou e lhe indicou uma porta ao fundo do *lobby* do edifício. Reis caminhou até a porta. Era uma porta larga, toda entalhada com diversas flores de lótus em madeira. Ao parar defronte à porta, esta imediatamente se abriu automaticamente.

Ao passar pela porta, esta se fechou automaticamente também. Não havia maçaneta ou fechadura na porta pelo lado de dentro. O local era uma pequena sala, sem porta ou janela. As paredes estavam decoradas com papel de parede em tom amarelo e abaixo um *boiserie*[3] na cor branca. Do lado direito havia um quadro com a imagem de Dom Pedro III quando criança e um dunquerque do século XIX.

Reis posicionou-se acima de uma marca no piso. Uma pequena placa quadrada em mármore verde, em que mal caberia uma pessoa de pé.

O restante do piso era de mármore travertino e no centro dele havia uma série de placas retangulares, alinhadas, que começaram a se mover para baixo, formando uma escada para o subsolo.

O agente especial começou a descer a escada e o subsolo se iluminou. Era um salão com paredes em concreto armado, com pequenas arandelas retangulares. Uma única porta de aço à sua frente.

Reis parou de fronte para a porta. Novamente um scanner de luz azul o sondou com raios verticais e horizontais. Em seguida uma voz eletrônica pelo sistema de alto-falantes anunciou:

— Agente especial André Reis confirmado. Bem-vindo.

---

[3] Espécie de acabamento em molduras aplicado sobre paredes.

Logo a porta de aço se abriu, recolhendo-se dentro da parede em duas partes.

Reis estava no Departamento de Patrimônio do Serviço Secreto Imperial. Um imenso salão com muitas pessoas trabalhando em bancadas e mesas. Muitos portavam jalecos brancos, outros macacões na cor azul claro.

Andando por entre as bancadas, Reis foi sendo cumprimentado por todos com acenos e apertos de mão. Ele era popular "no pedaço".

No corredor entre as bancadas estavam lhe esperando "M", "B" e "H".

Olhando para as três jovens, ele, em tom jocoso, disse:

— Agora sim, o jardim de infância está completo. Boa tarde meninas.

"B" de cabeça baixa apenas olhou para Reis erguendo os olhos. Ela ficava furiosa com os comentários dele.

"M", por sua vez, pouco ligava para os comentários jocosos de Reis. Foi direto ao assunto:

— Agente especial Reis, você irá para Portugal e seu material para essa missão já está todo preparado, bem como suas malas de viagem e do seu assistente, mas antes o Dr. Vinícius quer lhe falar.

Atrás delas apareceu o Dr. Vinícius. Era um sujeito de seus quarenta anos, no máximo, cabelos e olhos castanhos, magro e usava óculos de aros grossos. Vestia uma calça jeans e uma camiseta da banda Led Zeppelin, com um jaleco branco sobre a roupa, com várias canetas e lapiseiras no bolso superior. No braço direito, portava um enorme tablete.

Ele olhou para Reis e abriu um sorriso:

— Reis, meu velho, temos um osso duro para roer desta vez. Vamos para esta bancada ao lado.

Na bancada ao lado estavam duas malas de viagem Louis Vuitton, *smartphone*, notebook e seus acessórios, além de uma caixa preta pequena de veludo.

Reis já foi olhando tudo com atenção, quando Dr. Vinícius começou a explanar sobre cada um dos equipamentos:

— Reis estas malas são idênticas às que são vendidas nas lojas, com uma diferença: o conteúdo não aparece em equipamentos de raio-X.

Retrucando, Reis logo indagou:

— Bom então parecerá que a mala está vazia?

— Engano seu, meu amigo. Existem duas placas internas que simulam a aparência de tudo que se leva numa mala. Veja.

Em seguida, o Dr. Vinícius pediu para "M" e "B" colocarem uma das malas atrás de um painel de um equipamento semelhante a um raio-X e logo apareceu a imagem de vários objetos típicos de uma mala de viagens como roupas, sapatos, perfume etc.

Prosseguindo, "M" e "B" pegaram a mala novamente, e a colocaram na bancada, abrindo-a, mostrando o seu conteúdo, ou seja, nada.

Reis levantou as duas sobrancelhas de uma vez, sacudindo a cabeça de cima para baixo, e abriu um sorriso dizendo:

— Trabalharam bem desta vez.

Dr. Vinícius corrigiu a fala do agente com um sorriso a "la monalisa":

— Sempre trabalhamos bem por aqui.

— E esse notebook, fácil de carregar numa missão. Falou Reis apontando para o equipamento em tom de chacota.

Nesse momento "H" chegou perto do notebook, pegou-o nas mãos e o elevou e abaixou uma duas vezes, buscando demonstrar como era leve e com indisfarçável satisfação disse:

— Pesa menos de 500 gramas e ainda tem bateria útil de mais de 300 dias mantendo-se conectado com nosso satélite geoestacionário, que está sobre a Europa neste momento. Para as outras nações, esse nosso satélite não está em operação ainda, mas na verdade já está funcionado e permitirá seu contato direto conosco durante sua missão com imagem e som de altíssima definição.

— Interessante. Respondeu Reis já pegando o notebook em suas mãos e apreciando-o com atenção.

Mas como Reis não perdoa, rapidamente sacou uma pergunta ao seu estilo contestador:

— E para que servem esses dois carregadores de bateria?

"B" com sua tradicional pouca paciência respondeu:

— Esses dois carregadores são na realidade congeladores de imagem em câmeras de segurança.

— Eles aderem a qualquer superfície e quando acionados congelam as imagens de câmeras de segurança por cinco minutos e transferem as imagens reais para a tela do smartphone ou do notebook. Para acionar, basta apertar esta minúscula tecla, disse o Dr. Vinícius manipulando uma peça retangular preta de tamanho semelhante aos carregadores de notebook e mostrando o fundo onde havia uma pequena tecla, quase imperceptível.

Reis pegou o outro carregador que estava na bancada nas mãos jogou para o alto, pegando novamente e lascou um elogio, abrindo um sorriso:

— Agora estou começando a acreditar que vocês trabalham sempre bem.

Dr. Vinicius pegou o smartphone e começou a explicar o funcionamento. Reis prestou atenção às explicações e quando ia abrir a boca para falar, foi logo interrompido por "M", "B" e "H":

— E faz ligações nacionais e internacionais!

Reis imediatamente fechou a boca, pois com certeza ia perguntar se o smartphone fazia ligações telefônicas, em tom de gozação.

— Veja Reis, este smartphone imprime até cinco películas com sua foto para serem aplicadas sobre documentos de identificação e crachás de outra pessoa. Explicou o Dr. Vinícius tirando uma foto dele mesmo e depois do crachá de "M".

Em seguida, o smartphone imprimou uma película com a imagem do crachá de "M" com a foto do Dr. Vinícius. Ele pegou a película e a colocou por cima do crachá, que imediatamente fundiu-se ao cartão de identificação como se fosse o original.

Reis vergou a ponta dos dois lábios para baixo, franzindo o queixo, demonstrando estar impressionado com a performance da engenhoca do laboratório do Dr. Vinicius.

"H" assistia tudo com muita atenção quieta, mas louca para apresentar a última invenção do departamento. Ela colocou a mão no bolso do avental e retirou um pequeno frasco azul de perfume, entregando-o a Reis e fazendo os devidos esclarecimentos:

— Agente Reis, esta é a nossa mais nova criação. Este produto adere a qualquer sensor de identificação de digitais e faz com que o equipamento entenda que está sendo pressionado pela última digital que o utilizou. Ele faz com que a gordura do dedo, deixada no scanner na última identificação, fique mais espessa a ponto de fazer uma falsa confirmação, liberando a trava de segurança a que estiver conectado.

Reis olhou o frasco e o pegou rapidamente pondo-o no bolso e dizendo:

— Perfume é algo pessoal, mas nesse caso vocês acertaram o aroma que me agrada.

O Dr. Vinícius riu e convidou Reis a segui-lo para uma sala ao lado de onde estavam. "M", "B" e "H" os seguiram, as três com cara de que iriam se divertir muito com algo prestes acontecer.

Eles entraram numa sala imensa. Na verdade, sua aparência era de uma garagem muito organizada e toda pintada de branco, contudo, estava vazia, somente existiam equipamentos e ferramental nas paredes, seu centro estava todo livre. O Dr. Vinícius foi andando no sentido do centro da sala, mas como se estivesse contornando algo. Reis nada percebeu e seguiu em frente. De repente, o agente especial trombou com algo invisível.

Reis recuou, depois avançou e percebeu que no centro daquela sala havia algo, mas impressionantemente era invisível. "M", "B" e "H" começaram a rir. Ele virou a cabeça para o seu lado, olhou para a três, franziu a testa, e repuxou os lábios para o lado esquerdo, fazendo uma careta para as três demonstrando sua insatisfação com a "brincadeira" do Dr. Vinícius. Este, por sua vez, pegou no bolso direito do seu avental algo semelhante a um controle remoto de automóvel e o acionou. Imediatamente o objeto invisível ficou visível. Era uma espécie de pequeno helicóptero sem cauda, todo na cor cinza. Seus contornos eram angulosos. Ele parecia um grande lingote cinza.

O agente especial olhou aquela máquina detidamente e o Dr. Vinícius só observava o interesse de Reis. Este, ao completar uma volta no equipamento perguntou:

— Bom, agora que tal alguém me dizer o que é isto?

— Este é o nosso VVI. Veículo Voador Invisível. Ele é, na verdade, um drone gigante, que leva uma pessoa e pode ser controlado remotamente ou pelo próprio passageiro. Os comandos internos são muito parecidos como de um helicóptero. Externamente ele é recoberto por telas de alta definição 8K, que apresentam imagens invertidas obtidas por câmeras de alta definição. As câmeras de bombordo enviam imagens para as telas de estibordo. E as câmeras de estibordo transmitem imagens para as telas de bombordo. E a mesma coisa acontece com as câmeras da parte de cima e de baixo do veículo. Isto faz com que se tenha a ilusão de transparência e invisibilidade.

— Fechou com chave de ouro, Dr. Vinícius. Disse Reis estupefato.

- E mais. Você já tem um desse na Europa à sua disposição. Conseguimos enviá-lo a Paris e de lá ele poderá ser enviado a qualquer distância de até dois mil quilômetros. Bastará requisitá-lo.

— Não fechei ainda com chave de ouro. Falta o dente. Disse o Dr. Vinícius.

— Dente, que dente? Indagou Reis.

— O seu. Vamos retirar o seu implante no segundo molar inferior do lado direito e implantar um dispositivo com um agente biológico, que simula um enfarte do miocárdio. Em sendo acionado, você sofrerá um leve infarto, mas recobrará a consciência em algumas horas. Quem o examinar nesse ínterim terá a certeza de você estará morto. Respondeu o Dr. Vinícius.

Reis esboçando uma cara de preocupação:

— Já testaram isso?

— Sim, em ratos e funcionou bem. Esclareceu o Dr. Vinícius.

— Então eu sou o primeiro humano a testá-lo. É isso?

— Sim, mas com certeza funcionará.

Se não funcionar, eu nem vou me preocupar com isso. Correto?

– Corretíssimo meu amigo. Respondeu o Dr. Vinícius de chofre.

O agente especial apenas sacudiu a cabeça em sentido afirmativo, lamentando:

— Agora virei cobaia de laboratório.

— Reis, não fique injuriado. Tenho mais uma surpresa para você. Sapatos novos. Falou o Dr. Vinícius abaixando-se e pegando uma caixa na parte de baixo da bancada, abrindo-a.

— Veja, Reis. Em cada salto, você tem três micros projéteis com cápsulas enriquecidas de urânio de alto teor explosivo. Para acioná-las, bastará bater um calcanhar com o outro três vezes, como faziam os soldados prussianos.

— Interessante. Mas, para acionar terei que estar deitado ou sentado? Indagou Reis, manipulando um dos sapatos.

— É verdade, mas eu sei que você é criativo e isto lhe será muito útil. Respondeu o Dr. Vinícius, tirando o sapato das mãos de Reis e o recolocando na caixa.

— Para finalizar, vamos falar sobre o agente químico que dizimou parte da nossa floresta amazônica. Complementou o Dr. Vinícius, retirando do bolso um pequeno tubo de ensaio com uma substância pastosa na cor vermelha escarlate.

— Esse é o "Escarlate". É o mais potente agente biológico exterminador de vida vegetal inventado em laboratório. Seu criador foi o Dr. Zsa Zsa Stein. Começou a explicar o Dr. Vinícius virando-se para o grande monitor e acionando um pequeno controle remoto, que retirou de um dos bolsos de sua calça jeans, com alguma dificuldade.

— Este é o Dr. Zsa Zsa Stein. Ele é um dos maiores químicos do mundo. Ele é alemão, contudo, vive em Lisboa. Foi ele quem criou o "Escarlate". Um quilo desse agente devasta 10 quilômetros quadrados de floresta. A reação da comunidade científica à sua invenção foi tão negativa, que ele resolveu sair da Alemanha e se exilar em Portugal. E é por ele que você tem que começar seu trabalho.

Nesse instante, “B” dirigindo-se ao Dr. Vinícius avisou-o de que o imperador iria iniciar seu pronunciamento em rede nacional de TV. Todos os presentes, em silêncio sepulcral, se voltaram para o monitor instalado no laboratório.

CAPÍTULO VIII

Primeiro apareceu a imagem do brasão do Império do Brasil e a contagem regressiva de cinco toques. Em seguida, apareceu o imperador sentado, em seu uniforme de almirante, com o seu semblante extremamente sério. Ele estava no Paço Imperial, sentado e em uma escrivaninha de tamanho médio, em estilo Luiz XV.

O imperador começou seu pronunciamento:

"Povo brasileiro.

Manifesto-me neste momento terrível que nossa Pátria enfrenta.

É do conhecimento de todos, que quatro grandes nações estrangeiras exigem a internacionalização da Amazônia brasileira, face ao absurdo desmatamento de quase cinco por cento da sua mata, ocorrido anteontem, supostamente para ampliar a área agricultável.

Informamos aos líderes estrangeiros e às Nações Unidas, que o Governo Imperial do Brasil não autorizou ou implementou o uso de agentes biológicos ou químicos, para causar imensa devastidão na floresta amazônica brasileira. Destacamos, na oportunidade, que estávamos empreendendo todos os meios possíveis, para encontrar os verdadeiros responsáveis.

Para os que conhecem a história do Brasil, sabem do compromisso centenário da Família Imperial e do Governo Brasileiro de proteção ao meio ambiente. Basta lembrar que o imperador Dom Pedro II, meu trisavô, arcou com todos os custos para criar a maior floresta urbana do mundo, a Floresta da Tijuca, na Capital Imperial.

Somente desavisados ou mal-intencionados podem imaginar que o Governo Imperial brasileiro poderia compactuar com tamanho absurdo.

Infelizmente, hoje fomos comunicados pelas quatro nações estrangeiras, que foi criada uma força militar naval internacional, visando obrigar o Brasil a se pôr de joelhos, mediante embargo comercial sem precedentes, para que permitamos a internacionalização da floresta amazônica.

Essa absurda imposição foi submetida ao crivo do Parlamento Brasileiro e ficou decidido, por unanimidade, que o Império do Brasil não se submeterá à força militar internacional.

Agora há pouco, o Supremo Comando Militar Imperial determinou que a Marinha Imperial garanta o comércio internacional marítimo, empregando a força, se necessário. O Exército Imperial e a Força Aérea Imperial farão a proteção do território continental e do povo brasileiro.

Todos, repito, todos os habitantes serão protegidos e devidamente orientados em caso de ataques aéreos ou terrestres.

Os reservistas estão sendo convocados neste ato, para a proteção da Pátria.

Buscaremos a solução pacífica para essa estapafúrdia situação, perante os organismos internacionais, contudo, se for necessário, empregaremos a força para a garantia da nossa soberania.

A Família Imperial estará ao lado de cada brasileiro, seja no *front* de batalha, seja no apoio à população civil. A Família

Imperial não gozará de qualquer regalia de proteção, pois nosso lugar é com o povo do Brasil.

Lamento muito, mas teremos que escrever mais um capítulo da história com a pena banhada de sangue de nosso vigoroso povo, para fazer valer a verdade e a justiça.

Que Deus nos proteja nesse momento tão difícil.

Muito obrigado"

O silêncio perdurou por alguns instantes, mas foi quebrado pelo Dr. Vinícius em alto e bom som:

— Bom pessoal, vamos fazer a nossa parte, voltando ao trabalho.

Reis foi levado ao consultório dentário no mesmo laboratório e teve o segundo molar substituído pela nova prótese, digamos "envenenada".

Todo o equipamento de Reis foi levado para uma garagem subterrânea e colocado no porta-malas de um outro veículo, também sob a condução do sargento, este já em trajes civis.

O agente especial também trocou seu uniforme por roupas civis, que também já haviam sido retiradas de seu apartamento e organizadas nas malas blindadas contra raio-X. Com o acréscimo de duas novíssimas pistolas Walther PPK 7,65mm e munições, é claro.

Reis entrou no veículo, agora ao lado do sargento. Seguiram por um túnel, que desembocou numa porta de aço escura, que se abriu embaixo do prédio da Secretaria dos Negócios da Fazenda da Província de São Paulo, sob um pequeno viaduto, próximo à Praça da Sé. De lá seguiram para o Aeroporto Internacional José Bonifácio de Andrada e Silva em Guarulhos.

CAPÍTULO IX

Embarcaram para Lisboa num voo da *RGS Airways*, tradicional e quase centenária companhia aérea gaúcha, de renome internacional. Evidente que as reservas eram para a classe executiva, como apreciava o agente de sua majestade.

Ao se sentarem em suas poltronas, já foram recebidos pelas aeromoças com taças de champanhe. O sargento bebericou o conteúdo e logo comentou:

— Só mesmo com o senhor. Sempre o melhor.

Reis ofereceu a taça para um brinde e respondeu:

— Diga-me com quem andas, que eu direi quem és.

Ambos riram.

Ao sorver aquele néctar francês, Reis sacudiu a cabeça demonstrando satisfação e dizendo:

— Dom Pérignon 1998.

Nesse instante a bela aeromoça que servia o passageiro ao lado direito de Reis, virou-se e vaticionou:

— Temos um *connaisseur* aqui.

Reis, já sentado, sorriu e levantou a taça.

A aeromoça era o padrão de Reis. Curvilínea e esbelta. Nada de padrão de modelo de moda. Era o padrão Reis. Olhos castanhos, cabelos também castanhos e uma boca perturbadora. O sorriso era inebriante.

O sargento logo tascou:

— Uma nova vítima.

— Vamos ver. Respondeu Reis em tom sério e olhando para a aeromoça.

Em seguida vieram os avisos de atar cintos e as tradicionais instruções de decolagem.

Reis não tirava os olhos da aeromoça e ela também não fazia a menor questão em não demonstrar que estava adorando ser admirada por ele.

Finalizada a decolagem, teve início o serviço de bordo com o jantar.

A aeromoça perguntou ao sargento o que desejava para o jantar, entregando-lhe o cardápio aberto.

O sargento Reis fechou o cardápio e disse à aeromoça que o "professor" escolheria por ele. Evidentemente que o "primo" já estava atuando disfarçado de assistente do agente especial.

— Bom, então vejamos o que o professor deseja. Respondeu a aeromoça cravando os olhos em Reis.

Ele, por sua vez, olhou o menu com calma e fez o pedido:

— Para nós dois, de entrada: *zuchini* à Juliane; primeiro prato: truta ao molho de amêndoas; segundo prato: filé ao *poivre*; de sobremesa, *tiramisù*. Para acompanhar, vejamos...

Nesse momento Reis olha para a parte final do menu, que apresenta a carta de vinhos disponível e sentencia:

— Joseph Drouhin Bourgogne Blanc 2015, depois esse tinto Altair 2010 me parece que combina bem com o *poivre*. E na sobremesa, esse Sauternes Chateau Guiraud 2003. Assim está de bom tamanho.

— Me parece que temos um professor de vinhos. Manifestou-se a aeromoça toda lânguida.

Reis já percebera que a vítima estava pronta para seu ataque.

O jantar transcorreu com muita tranquilidade. A aeromoça e Reis trocaram muitos olhares e rápidos diálogos.

Passado algum tempo, o sargento decidiu dormir, pois já sabia como acabaria essa estória.

No café da manhã, o comandante da aeronave avisou a todos os passageiros:

— Bom dia senhores passageiros, aqui é o comandante Peixoto. Acabo de receber instruções de que o espaço aéreo brasileiro acaba de ser fechado para voos comerciais até segunda ordem. A *RGS Airways* prestará o devido apoio a todos os passageiros que, eventualmente, tenham retorno agendado para o Brasil nos próximos dias. Pedimos que procurem nossos despachantes no Aeroporto de Lisboa.

— Puxa e essa agora! Terei que ficar em Lisboa. Disse a aeromoça à sua comissária de bordo.

Reis a tudo ouviu com muito interesse.

Quando a aeromoça foi recolher as louças do café da manhã, Reis perguntou-lhe em que hotel ficaria hospedada. Ela rapidamente respondeu:

— Nesses casos ficamos hospedados no Marques de Pombal Gran Hotel.

— É nesse que ficaremos também, que coincidência. Responde o galanteador agente.

O sargento, ainda meio com sono, puxou o braço esquerdo de Reis pela manga do paletó e indagou-lhe:

— Mas nós estamos hospedados em outro hotel.

— Isto são detalhes, meu caro "Watson". Ficaremos hospedados no Marques de Pombal Gran Hotel. Respondeu Reis sorrindo.

No desembarque novos olhares trocados entre Reis e a aeromoça. Ele já havia tomado o cuidado de gravar o nome dela, para procura-la no hotel.

Desembarcaram no Aeroporto de Lisboa e foram direto para o novo hotel designado pelo irreverente Reis.

O hotel ficava na avenida Liberdade e lembrava em muito um *château* francês. Reis foi logo entrando com o sargento ao seu lado. Dirigiu-se à recepcionista:

— Reserva para professor André Reis.

A recepcionista consultou o seu computador e respondeu com muita polidez:

— Senhor, lamento, mas não há nenhuma reserva em seu nome.

— Sem problema, deve ter havido alguma falha da universidade ou da agência de viagens. O que você tem disponível:

— Senhor, estamos lotados, pois temos uma conferência internacional. Só está disponível a suíte presidencial.

Reis olhou para o sargento, que a tudo assistia e pela sua face, não acreditava no que estava acontecendo.

— Muito bem, vamos nos instalar na suíte presidencial. Está bem para você Adilson? Disse Reis chamando o sargento pelo primeiro nome.

— Está bem. Respondeu o sargento com voz quase inaudível.

A recepcionista olhou para Reis e para o seu assistente não acreditando muito neles e fez a "prova dos nove":

— Senhor, precisamos do seu cartão de crédito. A diária é de 4.500 Euros.

O agente especial sacou da carteira um cartão de crédito preto e entregou à recepcionista e apenas respondeu com desdém:

— Está bom o preço. Em conta não é Adilson? Dirigindo-se ao sargento, que apenas pensava na fortuna que seria gasta e pior, quem pagaria aquela conta.

Reis percebendo o desespero do sargento falou baixo ao ouvido dele.

— Esse cartão é só para casos de urgência e este é um caso de urgência. Não podemos deixar aquela aeromoça esperando.

O sargento sabia que Reis era assim mesmo. Afinal, como ele mesmo dizia: no nosso ramo de atividade o amanhã pode não chegar.

A suíte presidencial era maravilhosa. Decorada com móveis em estilo provençal. Telas a óleo de artistas de grandeza, uma delas de Paula Figueroa Rego. Na verdade, eram duas enormes suítes ligadas por uma sala de três ambientes.

Reis entrou na suíte e deu de frente com o mordomo exclusivo, que fez as boas vindas e apresentou todos os luxos disponíveis. Logo Reis solicitou que o mordomo desfizesse as malas e providenciasse algo para comerem. Mas antes indagou ao solícito mordomo acerca do número da recepção.

Pegou o primeiro telefone que encontrou, digitou o número da recepção e foi logo falando:

— Por favor, quero falar com a Srta. Raquel aeromoça da RGS. Pode transferir para o quarto dela?

— Posso. Respondeu a recepcionista, mantendo-se em silêncio.

Reis colocou a mão no fone e rindo disse ao sargento, que ainda, estava deslumbrado com a suíte:

— Aqui as coisas precisam ser ditas literalmente.

O agente especial tirou a mão do fone e continuou a sua conversa com a recepcionista:

— Então, por favor, transfira essa ligação para o quarto dela.

Imediatamente, Reis convidou a aeromoça Raquel para o jantar. Convite aceito de imediato. Ela apenas perguntou:

— Reis, qual o número do seu quarto.

Ele respondeu com irônica simplicidade:

— Não sei o número, mas procure a suíte presidencial. Você vai me encontrar. Às 21 horas está bem para você?

— Perfeito. Respondeu a "presa" de Reis.

O sargento que a tudo ouviu, vendo que o mordomo saíra por instantes da suíte, logo proferiu seu discurso:

— Comandante, já sei que devo iniciar a vigília na casa do cientista alemão esta noite antes das 21 horas. Correto?

— Sim, sargento. Amanhã trocamos e você vem descansar. Rapidamente respondeu Reis.

Às 21 horas, Reis estava pronto. Vestindo seu *smoking* e bebericando uma *Moët & Chandon Brut Imperial*.

Duas batidas secas na porta principal e o mordomo a abriu, para a passagem da estonteante aeromoça. Seu vestido era esvoaçante e na cor azul piscina, mostrando seu belíssimo colo. Uma obra prima da natureza oculta no uniforme da companhia aérea.

Reis fez sinal para o mordomo sair. Pegou uma segunda taça e verteu aquele néctar de champanhe e com cuidado entregou a Raquel.

Ele sugeriu um brinde. O que fizeram.

Reis retirou-lhe a taça e pegou a mão direta dela e a puxou a seu encontro, beijando-lhe na boca com todo o ardor de um grande amante.

Ela nem resistiu.

Desse momento em diante as coisas esquentaram e o mordomo do lado de fora apenas pensou: este brasileiro está a andar à moina!

Depois de tudo, Reis estava na cama deitado olhando o *derrière* desnudo de Raquel, que jazia à cama, com corpo deitado em sentido inverso ao dele, recuperando-se da sessão de amor.

Ela virou-se e indagou-lhe:

— Explique-me uma coisa. Como é que um professor como você viaja na classe executiva e se hospeda numa suíte presidencial?

— Eu sou um professor muito aplicado. É por isso. Respondeu Reis em tom de chacota, sabendo que nada precisava explicar a ela.

Na manhã seguinte, Reis saiu do hotel e foi ao encontro do sargento, para render-lhe na vigília.

CAPÍTULO X

Chegou ao local. Era um prédio residencial na avenida Duque d´Avila de cinco andares em estilo contemporâneo. Do outro lado da rua estava o sargento, num café sentado na parte externa.

Reis sentou ao lado dele e perguntou como tinha sido a noite e se ele havia visto algo.

O sargento disse que passou a noite toda e não viu o Dr. Zsa Zsa Stein sair ou entrar. Disse ainda que conversara com um dos garçons e descobrira que o cientista alemão tomava café da manhã todos os dias lá, mas que estranhamente fazia dois dias que ele não aparecia.

Reis, logo decidiu:

— Vou entrar e descobrir o que está havendo.

Ele se levantou e dirigiu-se a prédio. Um pouco antes de atravessar a rua, retirou do bolso o dublê de carregador de notebook e acionou o congelador de imagens. Avistou ao longe que a tranca da porta do edifício era acionada por um leitor de digitais. Ao chegar na porta de entrada, viu que havia um pequeno jardim e nele jogou o lingote preto, que desapareceu na folhagem. Em seguida, Reis pegou o perfume de frasco azul e com discrição laçou uma borrifada no leitor. Rapidamente a porta se abriu.

O agente entrou no prédio. Não havia ninguém no *hall* de entrada. Ele foi direto ao apartamento do cientista alemão, localizado no quarto andar. Reis utilizou as escadas de incêndio para subir, para não chamar a atenção.

Ao chegar à porta do apartamento, percebeu que estava apenas destrancada. Colocou luvas cirúrgicas, que trazia no bolso do paletó, para não deixar digitais.

Reis sacou sua pistola e com o pé direito calçando a porta a abriu muito devagar.

Imperava o silêncio e um odor terrível de sangue. O carpete estava sujo com pegadas de sangue. Era uma espécie de *hall*, com uma outra porta. Ele a abriu, a adentrou e ao olhar para a direta, deparou-se com uma imagem dantesca.

O Dr. Zsa Zsa Stein estava degolado, sentado na cabeceira da mesa de jantar com o rosto atolado numa poça de sangue, que escorreu pelas pernas. Na mesa havia marcas no sangue coalhado, que demonstravam que havia um livro ou um notebook, que fora posteriormente retido.

Pela rigidez do corpo e o odor, Reis estimava que o cientista havia sido morto há dois dias.

O agente do imperador procurou na sala e nos demais ambientes algum documento, um computador, um notebook, tablete, uma mídia qualquer.

Nada. O apartamento estava em ordem, sem sinais de que tivesse sido vasculhado, mas com certeza alguém havia retirado todo e qualquer documento e outro meio de registro digital ali existente.

Reis voltou para a sala de jantar. O tempo passava. Ele só tinha mais um minuto antes que as câmeras de segurança voltassem a filmar.

Ele dirigiu-se à lareira na sala de estar e apoiou a mão nela, olhando à sua volta para ver se não tinha deixado algo escapar à sua atenção. Sem querer, Reis derrubou um pequeno objeto de aproximadamente um centímetro de largura por cinco de comprimento. Um lado do objeto era composto por uma parte de metal cromado e a outra de acrílico transparente. Parecia um pequeno enfeite, ao cair ele se abriu. Era um pendrive disfarçado.

Pegando o pendrive, Reis saiu rapidamente do apartamento, encostando a porta de entrada do mesmo jeito que a havia encontrado.

Olhou na tela do seu *smartphone*, para ver as imagens do prédio que lhe foram transferidas pela "engenhoca" do Dr. Vinícius. Não havia ninguém nos corredores e na porta do edifício.

O agente do imperador saiu rapidamente. Abaixou-se e pegou o bloqueador de imagens, que havia deixado no jardim do edifício, contudo, não percebeu que apertou o dispositivo que imediatamente desligou o bloqueador e sua imagem na saída do prédio foi registrada pelas câmeras ali instaladas.

Rapidamente ele seguiu ao encontro do sargento. Ele imaginava que o bloqueador de imagens havia sido desligado automaticamente após os cinco minutos.

Fez sinal para o sargento levantar e sair do café. O sargento levantou-se, pagou a conta rapidamente e foi ao lado de Reis indagando-lhe como havia sido a exploração no apartamento.

O agente especial explicou tudo ao sargento e ambos seguiram para o hotel.

Lá chegando, no apartamento conectaram o notebook via satélite com o Serviço Secreto Imperial. Na tela apareceram M, B e H.

Reis mostrou-lhes o pendrive, reportando tudo o que havia acontecido. Nisso também apareceu na imagem o Dr. Vinícius, pedindo licença às três, para sentar-se e passar a conversar com ele.

A orientação era para conectar o pendrive ao notebook, para que o conteúdo fosse transferido, para que eles pudessem verificar e, depois, passar a Reis o que haviam descoberto.

Logo que Reis conectou o pendrive, os arquivos começaram a ser transmitidos ao Serviço Secreto Imperial. Nesse momento o Dr. Vinícius já alertou Reis:

— Vai demorar meu amigo. Está tudo criptografado. Nos dê algumas horas.

— Sargento, vá descansar, pois você passou a noite em claro. Eu acho que vou procurar a nossa aeromoça. Acredito que ela possa me ensinar um pouco de aerodinâmica. Ordenou Reis ao sargento.

O sargento só deu uma risadinha e foi dormir.

Passadas cinco horas, já no início da noite, Reis voltando de suas extenuantes aulas de aerodinâmica, recebeu um e-mail com todos os arquivos já decodificados. Ele começou imediatamente a examinar cada um deles.

Os arquivos demonstravam, de forma inequívoca, que o Dr. Zsa Zsa Stein havia organizado um conjunto de provas em caso de seu desaparecimento. Constavam arquivos com a fórmula do Escarlate, relatórios experimentais, testes realizados, pareceres de eficácia, além de extratos bancários e troca de e-mails. Nos extratos bancários havia uma transferência, para sua conta bancária, no valor de vinte milhões de dólares. E o mais interessante: e-mails trocados com alguém que se apresentava apenas como "BF". Eram mensagens que comprovavam a contratação do cientista para produzir o Escarlate e o pagamento. Duas parcelas de vinte milhões de dólares, uma já paga e a outra após a comprovação da eficácia. Pelo jeito ele nunca recebeu a segunda parcela. Recebeu apenas a afiada lâmina que ceifou sua vida.

Merecido! Pensou Reis em eu íntimo.

O que chamou muito a atenção do agente especial foi a instituição bancária em que o depósito foi feito: Banca Genovese Del Nero.

Reis contatou o Serviço Secreto Imperial por meio de seu notebook para falar com o general Danimar.

Apareceu Danimar na tela.

— Danimar. O que vocês sabem sobre esse banco genovês?

— Reis, na verdade pouca coisa. Trata-se de uma instituição financeira com sede em Gênova. É muito nova. Tem apenas um ano de funcionamento, mas já tem uma verdadeira fortuna em depósitos. A sede é instalada num palácio recém construído e é chamado de Palazzo Nero. O controlador é um cidadão russo, que nunca ninguém ouvir falar dele. Seu nome é Constantin Ricrasgna.

— Tudo isso é muito estranho. Vamos para Gênova agora. E o nosso agente italiano está disponível? Perguntou Reis sorrindo.

— O Giuseppe estará à sua espera. Boa sorte Reis. Respondeu Danimar.

— Sargento, vamos para Gênova agora.

Rapidamente o sargento arrumou todas as coisas e eles partiram de avião para Gênova.

CAPÍTULO XI

Era 10 horas da manhã do dia seguinte, quando eles chegaram a Genova no Aeroporto Internacional Cristóvão Colombo. Reis desceu do avião reclamando da "qualidade" das aeromoças, acrescentando todo o seu conhecimento aerodinâmico, fazendo o sargento rir em demasia. Ele era incorrigível.

Quando saíram do saguão do aeroporto encontraram um sujeito grisalho, sessentão, de óculos de lentes quadradas, meio calvo, usando um terno bem cortado. Ao seu lado, uma Maserati Quattroporte GTS GranLusso na cor cinza escuro metálica. Era Giuseppe Ferrara, um agente do Serviço Secreto Imperial. Um italiano de alma brasileira. Na verdade, era filho de imigrantes italianos que vieram ao Brasil depois da Segunda Guerra Mundial, nascido no Brasil, mas que vivia na Itália há muito tempo, servindo como agente na Europa.

Ele abriu os braços, abraçando Reis com força e o beijando no rosto. Parecia que estava recebendo alguém da família que tivesse voltado da guerra.

O sargento a tudo assistia e ria, pois também conhecia Giuseppe e sabia que ele era muito espalhafatoso. Algo meio complicado para um agente secreto, contudo, ele era conhecido por sua eficiência em resolver qualquer espécie de problema.

Reis, que falava bem italiano, agradeceu:

— *Grazie mille, amico mio. Sei stato molto gentile a venire a salutarci.*[4]

— Reis, por favor, vamos falar em português. Preciso praticar. A perfeição vem com a prática. Não é? Respondeu Giuseppe dirigindo-se ao sargento para cumprimenta-lo.

O sargento rindo recebeu um efusivo abraço de Giuseppe, nos mesmos moldes de Reis.

Logo abriu os braços e os convidou a entrar na belíssima Maserati.

O sargento colocou as malas no porta-malas do automóvel e sentou-se no banco de trás. Na frente iam Reis com Giuseppe ao volante. Falava pelos cotovelos, interrompendo com alguns palavrões dirigidos aos outros motoristas no caótico trânsito genovês.

— Reis, já reservei uma suíte no Gran Hotel Savigny para você e outra para o sargento. Vão estar muito bem instalados.

Depois, abaixando-se para o lado direito do painel do carro, abriu o porta-luvas com o automóvel em movimento, sem diminuir a velocidade. O carro começo a ziguezaguear no trânsito e Giuseppe fazia um grande esforço para tirar um tablete do porta-luvas.

Reis ria como se estivesse num parque de diversões. O sargento não escondia seu desespero.

Com muito custo, Giuseppe retirou o tablete e o entregou a Reis dizendo:

— Aqui amigo. Ligue. Você já encontrará tudo o que pude levantar a respeito do banco e do seu controlador.

O agente especial ligou o tablete e começou a examinar as fotos e os textos selecionados por Giuseppe. Tudo muito deta-

---

[4] Muito obrigado, meu amigo. Foi muito gentil em vir nos cumprimentar.

lhado e organizado. Muita coisa para as poucas horas que teve após ser contatado pelo general Danimar.

Reis vaticinou:

— Vou até lá após deixarmos as coisas no hotel, mas vamos almoçar primeiro. O restaurante do hotel ainda é bom?

— Um dos melhores da Itália, Reis. Respondeu Giuseppe abrindo as mãos ao alto e largando o volante.

Chegaram ao Gran Hotel Savigny. Era uma construção centenária em estilo neoclássico, com fachada toda na cor salmão, com molduras brancas nas janelas. Seu interior era luxuosíssimo. Muito mármore carrara, nas paredes e no piso, vitrais coloridos, pesadas cortinas. O hotel estava próximo à estação ferroviária Genova Piazza Principe. Mal sabia Reis que esse local seria de vital importância para ele.

Giuseppe largou o automóvel na frente do hotel em pista dupla e jogou a chave para o porteiro. Uma displicência só dele mesmo.

Eles entraram no saguão do hotel. O gerente, vestindo um impecável fraque, veio ao encontro de Reis, saudando-lhe e perguntando por onde ele andava. Pergunta costumeira depois da aposentadoria de Reis e de seu retorno à ativa, a pedido do imperador.

Reis desconversou e pediu que as malas fossem para os quartos e que fossem desfeitas e organizados os armários. Depois já se dirigiu ao restaurante.

Atrás dele seguiam juntos Giuseppe e o sargento. Giuseppe falou baixinho no ouvido do sargento:

— Vamos comer bem!

Escolhida a mesa. Reis foi cumprimentado efusivamente pelo garçom, que já sabia que a gorjeta seria generosa.

O agente especial, com seu costumeiro bom gosto, pediu uma entrada de frios italianos e pão, depois um *papardelle* com molho de carne e em seguida uma vitela assada com ervas aromáticas, acompanhada de ervilhas ao molho de tomate. Por fim uma salada. Bem ao estilo italiano.

Quanto ao vinho, um Brunello di Montalcino Cerretalto 2012.

Os olhos de Giuseppe até brilhavam com o pedido de Reis. O agente sabia agradar, pois esse era o pedido que mais agravada ao colega ítalo-brasileiro.

Finalizado o grande almoço, sem antes comer um *tiramisù*, veio o café e uma garrafa de limoncello amalfitano.

Reis e Giuseppe, então, seguiram para o castelo negro, sede do misterioso banco, que estava distante 40 quilômetros do centro de Gênova. Ficava isolado numa rara área plana entre as montanhas. Era uma construção em estilo renascentista, mas todo construído em pedras escuras, daí o apelido de castelo negro. Em sua volta, havia uma muralha retangular alta, com uns quatro metros de altura, com guardas fortemente armados, instalados nos quatro cantos. Câmeras e cerca elétrica completavam a segurança, além de um drone, que rondava o imóvel. Ao fundo havia algumas edículas.

Eles pararam o automóvel numa estrada próxima ao castelo negro, num ponto mais alto, de onde poderiam observar tudo, sem serem descobertos.

Reis e Giuseppe sentaram na encosta. Com seu *smartphone*, o agente especial examinava o imóvel e como as pessoas se movimentavam. Giuseppe trouxe um binóculo gigante e foi logo advertindo:

— Eu não me acostumo a esse telefone moderno. Prefiro o bom e velho binóculo.

Passaram parte da tarde e da noite observando o imóvel. Eles viram que no final do dia, por volta de 18 horas, um caminhão de lixo chegava ao castelo, entrava para carregar e, logo depois de uns 30 minutos saía. Mais tarde, viram sair do prédio principal um sujeito com chapéu e óculos escuros. Vestia um terno azul e casaco longo preto. Ao seu lado, à frente e atrás, vários seguranças. Ele entrou numa Mercedes S600 Guard na cor preta. Era conhecida como bunker V12. A mais segura das limusines no mundo, excetuando-se, é claro, os veículos destinados aos dirigentes dos países. Todos os seguranças vestiam costume preto com camisa branca e gravata preta. Mesmo à noite, todos usavam óculos escuros. Isto também chamou à atenção de Reis.

Reis observou a saída da importante figura e asseverou a Giuseppe:

— Este é o nosso homem.

— Com certeza. Respondeu Giuseppe.

— Preciso encontrar um meio de entrar lá. Aquele caminhão de lixo pode ser o meio ideal.

— Eu cuido disso Reis. Vamos jantar que estou com fome. Liquidou o assunto Giuseppe levantando-se rapidamente.

No dia seguinte, no meio da tarde, Giuseppe telefonou a Reis no quarto do hotel:

— Reis, desça que eu te espero na porta do hotel.

O agente especial saiu de seu quarto e foi até o do sargento. Bateu à porta, chamando-o pelo nome. A porta se abriu e Reis avisou-o que iria sair em missão até o Pallazo Nero.

— Eu vou com o senhor. Disse o sargento, já pegando uma jaqueta que estava numa poltrona.

— Fique aqui em contato com o nosso pessoal. É melhor. Respondeu-lhe Reis.

— Mas, senhor... Tentava argumentar o sargento.

— Fique aqui. Esta é uma missão de um só homem. Reis finalizou o assunto.

Mal sabia Reis que aquele era o último contato com seu fiel escudeiro.

Quando o agente saiu do hotel, deu de cara com uma viatura dos Carabinieri, a polícia militar italiana. E ao lado dela Giuseppe de uniforme prestando continência e em seguida fazendo sinal para que ele entrasse na viatura.

Reis, com um certo ar de espanto, entrou na viatura e iniciou o diálogo:

— Giuseppe, como você conseguiu essa viatura dos Carabinieri e esse uniforme de sargento?

— Favores, Reis. Favores, Reis. Um deles me devia favores. Respondeu Giuseppe gesticulando com a mão, largando o volante, xingando logo em seguida um motorista de outro veículo.

Giuseppe logo emendou, olhando Reis como se o estivesse medindo:

— E esse costume preto. É igual ao dos seguranças do Palazzo Nero. Muito bem.

— Muito bem e qual a sua ideia? Disse Reis, dando risada daquela situação.

E Giuseppe explicou de forma pormenorizada a sua estratégia.

Na estrada de acesso ao Palazzo Nero, cinco quilômetros antes, Giuseppe parou a viatura no acostamento. E mandou Reis se esconder na mata ao lado.

Passados uns vinte minutos, apareceu o caminhão de coleta de lixo, vindo pela estrada.

Giuseppe fez sinal para o caminhão encostar.

O caminhão parou. O motorista, um sujeito de uns trinta anos, colocou o pescoço para a fora do veículo e começou a fazer um escândalo, reclamando que estava atrasado e que seus documentos estavam em ordem, que nenhum policial parava o caminhão dele. Tudo dito com muita rapidez, sons eivados de indignação e muitos gestos.

Giuseppe prostrou-se ao lado do caminhão e tudo ouvia com muita atenção sem nada responder.

— *Finito*. Respondeu com calma Giuseppe. Fazendo sinal para que o motorista descesse.

O motorista desceu reclamando e falando cada vez mais.

Reis assistia a tudo, divertindo-se com o jeitão de Giuseppe.

Giuseppe mandou o motorista ficar quieto e se virar. Ele se virou, mas continuou reclamando.

O falso policial simplesmente tirou a pistola do coldre e bateu com o cabo na nuca do motorista, fazendo-o desfalecer e cair ao chão.

Reis logo saiu da mata e foi ao encontro de Giuseppe, que já começara a arrastar o motorista na mata.

— Acabei logo com a conversa. Estes meus patrícios reclamam demais. Falou Giuseppe arfando de cansaço ao carregar o motorista desmaiado.

Os dois pegaram o motorista e o levaram para a mata ao lado da estrada. Reis tirou o uniforme cinza, na forma de um macacão e o vestiu sobre o seu costume preto. Por sorte o motorista era mais robusto do que Reis.

Giuseppe deu um par de algemas para Reis, para colocá-las no motorista.

Reis pegou o crachá que estava pendurado no uniforme do motorista e com seu smartphone tirou uma foto dele. Logo após fez os ajustes necessários e o equipamento imprimiu uma fina película com a foto e o nome de Reis. Ele aplicou a película sobre o crachá, que aderiu perfeitamente.

O agente pegou o crachá agora falsificado com perfeição e o colocou novamente pendurado no uniforme.

— Perfeito. Respondeu Giuseppe, passando as mãos nos ombros de Reis.

O agente do imperador logo subiu no caminhão e o ligou, soltou o freio de mão e partiu para o Palazzo Nero.

Atrás dele seguia Giuseppe, mantendo certa distância.

Reis chegou no portão dos fundos do Palazzo e buzinou. Logo um segurança, saindo de uma guarita, veio até ao lado do veículo, levantou os olhos e indagou a respeito do Carlo, o motorista que vinha diariamente recolher o lixo. Reis explicou que Carlo não estava bem e que ele o substituíra. O segurança não aceitou essa justificativa, sacudindo a cabeça em sinal negativo, fazendo gestos para Reis descer do caminhão.

Nesse instante, chega Giuseppe com a viatura, e para atrás do caminhão. Ele começa a buzinar insistentemente.

O segurança virou a cabeça para o seu lado direito, franziu a testa e pediu para Reis esperar e seguiu para falar com o falso sargento, que já começava a esbravejar lançando sua cabeça para fora da viatura.

Reis ouvia a tudo abrindo um leve sorriso, pois era cômico.

Giuseppe mandava tirar o caminhão da frente, pois precisa entrar para ir ao banheiro e que o caso era de muita urgência e que eles tinham que deixá-lo entrar, uma vez que ele era uma autoridade.

A confusão foi tão grande, que o segurança voltou para ao lado do caminhão de Reis e mandou logo entrar e retirar o lixo.

Logo atrás entrou a viatura de Giuseppe, com ele ainda reclamando e gesticulando muito.

Ao entrar, um outro segurança, este armado com um fuzil israelense IWI Tavor TAR-21, arma de última geração, fez sinal para encostar o caminhão em frente às edículas que ficavam no fundo da mini muralha de pedra que envolvia o Palazzo Nero. Depois, o mesmo segurança fez sinal para Giuseppe, indicando-lhe onde ficavam os banheiros.

O barulhento falso sargento parou a viatura e foi em direção ao banheiro ainda resmungando.

Reis desceu, olhou para os lados e também foi para os banheiros. Entrou numa das cabines e tirou o uniforme, escondendo-o atrás da caixa de água do vaso sanitário.

Logo saiu do banheiro. Buscou descobrir onde ficava a copa dos seguranças ou a área de descanso deles. Por sorte o local era bem ao lado dos banheiros. Na entrada, já era a copa. Nela havia uma mesa e numa das cadeiras jazia um paletó preto com um crachá "dando sopa".

O agente pegou o crachá e fez o mesmo procedimento que havia feito com a identificação do motorista do caminhão. Colocou o crachá pendurado no bolso externo de seu paletó e partiu para porta de entrada do prédio principal.

Havia muitas câmeras, mas poucos seguranças no pátio posterior, onde ele se encontrava.

Enfiando a mão no bolso, Reis pegou o dispositivo congelador de imagens das câmeras e o acionou. Começavam a correr os cinco minutos que tinha de vantagem.

A porta de entrada era alta em duas folhas, toda entalhada. Uma obra prima. Reis pensou: se essa é a porta dos fundos, imagina a da entrada.

Ao lado da porta havia um dispositivo que a destrancava, com o leitor de código de barras. O agente especial tirou seu crachá e o colocou na frente do leitor. O acesso foi negado.

Reis fez cara feia, puxando os lábios para o lado direito do rosto.

Será que a película falsificadora está dificultando a leitura? E pior, dois seguranças vinham em ronda já se aproximando dele.

Reis suou frio. Pegou o crachá e aproximou-o novamente do leitor. Momento tenso. O leitor dessa vez liberou a tranca e ele entrou rapidamente.

Era um grande corredor, todo em mármore crema marfil espanhol. As paredes eram revestidas em uma madeira de cor mais escura. Nas paredes quadros de grandes pintores: Botticelli, Matisse, Renoir etc. Uma verdadeira fortuna em telas, de fazer inveja a qualquer museu no mundo. Havia um aparador ao lado direito do corredor. Atrás dele, Reis escondeu o congelador de imagens das câmeras.

O agente sacou seu smartphone para ver as imagens verdadeiras das câmeras. Ele viu uma imagem do importante sujeito que comandava aquele banco, mas o ângulo e a imensa quantidade de seguranças impediam-no de identificar o misterioso indivíduo. Pelo barulho e pelas imagens, Reis pode se certificar que o sujeito estava saindo de uma sala no andar de cima e descendo as escadas em direção à porta principal. Esta sim, toda em latão com imagens em relevo. À semelhança da porta do Duomo de Firenze.

Eles desceram, a porta foi aberta e eles saíram.

O corredor onde estava Reis estava vazio. Ele seguiu pelo corredor forrado de caríssimas obras de arte. Ao seu final ficava a imensa escada toda em madeira que dava acesso ao piso superior. Reis a subiu ligeiramente e se dirigiu à porta da sala por onde saíra o misterioso indivíduo.

Ele parou à frente da porta e com seu smartphone verificou se havia alguém no local utilizando imagens térmicas. A sala estava vazia.

Reis foi pegar a micha em seu bolso, mas quando pôs a mão no trinco da porta, verificou que estava aberta. Pensou: que sorte!

Ledo engando.

Com cuidado abriu a porta. A sala estava toda escura. Era um ambiente grande. Utilizando-se do seu smartphone, agora, para ver imagens com raios infravermelhos.

Entrou na imensa sala. Havia um conjunto de estofados do lado direito da porta, lareira, duas armaduras, quadros nas paredes.

Do lado esquerdo, uma grande mesa Resolute Desk, igual à do presidente dos Estados Unidos. Ao lado uma outra pequena mesa, com um notebook.

Reis foi até ele e o ligou. Com agilidade, usou seu *smartphone* para, por meio de Wi-Fi, abrir a senha de acesso em segundos.

Quando a imagem da área de trabalho se abriu. A sala ficou iluminada. Reis fechou os olhos por causa da claridade. Demorou um pouco para conseguir abri-los. Quando o fez, deparou-se que com três seguranças apontando-lhe os famosos fuzis israelenses.

Um deles falando em português fluente, mandou-lhe levantar os braços, coloca-los atrás da cabeça, contornar a mesa e ajoelhar em frente dela.

Reis seguiu o roteiro, pois naquela situação era presa fácil.

Em seguida, o mesmo segurança chamou mais dois outros que estavam no corredor. Entraram, mas armados de pistolas Glock ponto 40.

Um deles abriu o paletó de Reis e retirou-lhe do coldre de axila a sua pistola Walther PPK. Depois, revistou lhe todos os bolsos, esvaziando-os totalmente. O smartphone foi entregue ao segurança que falava português, que o colocou no bolso.

Reis já percebera que havia caído numa cilada. Lembrou-se do conselho de seu avô: quando a porta é larga, entre de lado.

Ele estava com raiva de si próprio. Devia ter atentando ao fato de que tudo estava muito fácil.

Os seguranças posicionaram-se ao lado de Reis, pegaram seus braços e cada um puxou para um lado, forçando-o a se arcar e baixar a cabeça.

O agente especial ouviu uma voz conhecida que vinha pelo corredor e cada vez se tornava mais alta e mais clara. O sujeito entrou na sala com mais outras pessoas.

Reis percebeu que havia duas mulheres ao lado do misterioso sujeito, o que percebeu pelas pernas desnudas em saias curtíssimas. Mas era o máximo que conseguia ver, face à torção de seus braços, que já começavam a doer. O velho incômodo que tinha desde a missão em Angola.

A voz era conhecida de Reis. Na verdade, era anasalada e muito semelhante a alguém que ele havia conhecido. Mas não era possível que fosse ele.

Um terceiro segurança veio até Reis e puxou sua cabeça pelos cabelos, para que pudesse ver quem ali estava.

Quando o agente teve sua cabeça levantada viu o que não poderia jamais imaginar.

— Agente Reis, você não está tendo uma alucinação. Sou eu mesmo. O marquês de Campo Grande em carne e osso.

Reis arregalou os olhos. Não podia acreditar no que estava vendo. Ele tinha completa e segura certeza de que o marquês havia morrido da queda do convés do Tamandaré em sua frustrada tentativa de exterminar a Família Imperial brasileira. Mas lá estava ele, como sempre vestido de forma espalhafatosa. Vestia um terno cinza cintilante, camisa preta e gravata vermelha. Uma cafonice só. Contudo, a elegância não estava na pauta daquele momento.

— Já sei, Reis. Você não acredita nos seus olhos. Acreditava que eu estava ardendo no inferno. Enganou-se. Sempre tenho um plano B. Minha roupa. Afirmava o marquês de Campo Grande com muito regozijo de sua esperteza, passando suas mãos sobre seu peito até a cintura, como se estivesse moldando o corpo, complementado seu monólogo:

— Minha roupa continha uma espécie de *air bag* corporal, que me protegeu da queda na água. Quebrei umas costelas, mas nada sério. Como eu sou muito precavido, tomei o cuidado de manter um mini submarino nas proximidades para me resgatar caso fosse necessário. Como de fato foi. Reconheça Reis, eu sou mais astuto do que qualquer um. Agora você está ai imóvel em minhas mãos.

O marquês avançou e pegou o queixo de Reis e levantou ainda mais a cabeça dele, dizendo:

— Agora, meu amigo, terei o prazer de vê-lo partir para o inferno de uma vez por todas. É a última vez que você vai cruzar o meu caminho.

Reis ouvia tudo sem proferir uma palavra. Na verdade, buscava estabelecer uma estratégia para escapar, mas estava praticamente impossível. Ajoelhado, com os braços torcidos e com pelo menos quatro homens apontando fuzis em sua direção. Nem com magia ele podia escapar com vida.

O agente não se conformava como havia caído na armadilha.

— Ah! Exclamou o marquês com toda a sua arrogância.

— Você deve estar curioso como conseguimos descobrir que você estava aqui nesta sala, mesmo tendo congelado as imagens de nossas câmeras de segurança. Vou satisfazer sua curiosidade. Continuou o marquês dando as costas e indo ao encontro das duas mulheres que o acompanhavam.

Ele virou-se novamente e pegou as duas mulheres pela cintura, puxando-as contra si.

— Eu gosto de ter controle sobre tudo e sobre todos. Na entrada do castelo há um sistema de digitalização de imagens e imediato reconhecimento. Não se esqueça que eu tenho os arquivos de todos os agentes do Império. Tolos! Todos tolos! Gabava-se o marquês.

— Eu mandei deixar que você entrasse no castelo, simulei minha saída, pois tinha certeza que você viria até a minha sala, na qual mantive desligado todos os sistemas de segurança.

— Você, meu amigo, caiu na armadilha. Eu já sei que Giuseppe está nesta missão, como também seu velho assistente, o sargento Adilson Reis. Eu já mandei eliminar os dois.

— Deixo-os em paz. É a mim que você quer. Bradou Reis, fazendo um esforço inútil para escapar de seus dois captores.

— Nada disso. Vou tirar todos do meu caminho. Na verdade, nem saberão quem os mandou matar.

— Já que você vai partir, vou te contar um segredo. Disse o marquês, avançando um passo à frente, largando a cintura das duas mulheres e apontando levemente para cima o dedo indicador de sua mão esquerda.

— Apesar de terem confiscado meus bens no Brasil, eu ainda continuo sendo um dos homens mais ricos do mundo. Rapidamente me recompus e me transformei em Constantin Ricrasgna. Contratei o cientista alemão, um idiota já eliminado. Ele produziu e me forneceu o Escarlate. Depois bastou contratar uns mercenários para espalhar pela floresta com aviões e uns hackers para alterar os registros da Força Aérea Imperial. Pronto, o Império se transformou no vilão do mundo.

— Depois, continuou o marquês:

— Bastou corromper o Jean Michel. Aliás, daqui a dois dias vou lhe entregar a grana prometida e depois eliminá-lo, pegando meu dinheiro de volta, é claro. A morte dele será creditada ao Império do Brasil, nesse meio tempo o conflito naval já estará deflagrado. Em pouco tempo, a monarquia enfraquecerá e eu voltarei ressurgido das cinzas, uma verdadeira fênix, para salvar o Brasil e preservar a floresta amazônica. Sem antes, é claro, já haver negociado todas as suas riquezas com as potências mundiais.

— Simples meu caro Reis. Em breve finado Reis. Encerrou sua exposição o Marquês levantando os braços e depois fazendo um arco com as mãos juntando-as ao final.

As duas mulheres começaram a aplaudir o marquês, que irritado gritou:

— Tragam o *japa* aqui, já.

Um dos seguranças armados saiu da sala.

Reis observava tudo, buscando uma brecha para escapulir. Mas estava difícil encontrar uma saída para aquela situação esdrúxula.

Passados alguns instantes, entrou um japonês, magro e de pele levemente morena. Devia ser de Okinawa. Ele vestia um terno cinza claro, camisa preta e gravata preta. Trazia nas mãos uma katana, a tradicional espada japonesa utilizada pelos samurais no Japão feudal.

Ele veio até chegar bem próximo e à frente do marquês, fazendo-lhe uma reverência.

O marques respondeu a reverência com elegância, o que não lhe era peculiar.

— Corte a cabeça dele. Disse o marquês sem maiores delongas, apontando para Reis.

O agente do imperador viu "a viola em cacos".

O moderno samurai colocou-se ao lado direito de Reis, retirou a katana da bainha e se posicionou para degolá-lo.

Reis começou a suar muito frio. Ele não tinha saída. Era o seu fim. Olhava para todos os lados, com a cabeça forçada para baixo pelo terceiro segurança.

Seria o fim do agente de sua majestade imperial?

Ele pensava numa alternativa, quando se lembrou do dente "envenenado". No mesmo instante, forçou as duas mandíbulas para fazer com que o molar falso abrisse a cápsula e liberasse o agente químico.

Fez muita força, mas o "diabo" do dente não rompia. A lâmina brilhava no ar, quando o executor samurai se preparava para desferir o golpe fatal.

A cápsula estourou. Imediatamente Reis ficou com o rosto muito vermelho, deu grito e seu corpo ficou inerte nas mãos dos três seguranças.

O executor baixou a lâmina e colocou a katana na bainha novamente.

— O que é isso. Corte a cabeça dele logo. Disse o marquês com sua costumeira impaciência.

— Eu não corto o pescoço de quem já está morto.

— Como morto? Ele deve ter desmaiado de medo. Corte logo essa cabeça. Sentenciou o marquês.

Nesse meio tempo, um dos seguranças resolveu verificar a pulsação de Reis e percebeu que ele estava inerte, sem qualquer pulso.

— Marquês. Ele está morto. Deve tido um infarto fulminante.

— Maldito. Tinha que morrer. Covarde! Covarde! Esbravejava o marquês.

Depois de muito praguejar golpeando o ar com o braço direito, decidiu:

— Então enterrem esse maldito em algum cemitério próximo, pelo menos terá um fim digno.

Com muita raiva o marquês chutou a cabeça de Reis, já com o corpo largado ao chão.

Os seguranças pegaram o corpo de Reis e o levaram embora.

CAPÍTULO XII

Reis acordou. Abriu os olhos. Nada via. Tentou levantar-se e bateu a cabeça em algo duro que fez um estampido rouco. Mexeu-se e percebeu que estava num espaço minúsculo e sem luz. O ar era escasso. Ele respirava com dificuldade. Era um cenário dantesco. Estava aprisionado em um caixão.

O agente especial mexeu nos bolsos. Estavam todos vazios. Evidentemente que seu *smartphone* sumira. Sua cabeça doía muito, resultado do chute que havia levado.

Apenas estava com seu relógio, mas o pulso estava todo machucado, pois alguém tentou arrancá-lo, mas não conseguiu.

Olhando para o relógio com ponteiros e marcações fluorescentes, verificou que já havia passado mais de 10 horas desde que entrou no castelo.

Escapei da katana, mas agora vou morrer do mesmo jeito. E lentamente. Ninguém merece. Pensou Reis.

Mexeu os pés e percebeu que, por sorte, ninguém tirou seus sapatos. Eles poderiam ser muito úteis, naquela situação caótica. Aliás, era a única possibilidade de sair de onde estava.

Reis pensou em duas possibilidades. Se estivesse num túmulo, iria explodi-lo e assim sair dele. Por outro lado, se estivesse enterrado a sete palmos embaixo da terra, a explosão poderia chamar a atenção de alguém. Porém, se estivesse em outro local, as coisas poderiam ser muito diferentes do que ele esperava.

Então ele colocou as mãos em sua cabeça, para amortecer o impacto ao acionar de uma vez os seis projéteis instalados nos saltos de seus sapatos.

Ele se preparou, fechou os olhos, por causa da provável poeira, e bateu os calcanhares por três vezes como havia sido instruído pelo Dr. Vinícius.

Uma violenta explosão ocorreu. O corpo de Reis foi empurrado contra a parte da frente do caixão. Ele sentiu que o corpo ficou recoberto de pó e alguns estilhaços de madeira e cimento, ou coisa parecida com isso. As narinas ficaram cheias de pó. Reis aguardou alguns instantes e abriu os olhos. Agora ele conseguia ver uma grande claridade aos seus pés. Com certeza estava num túmulo externo. Empurrou o seu corpo para fora, utilizando os braços.

Conseguiu sair. Estava num cemitério. Era o famoso cemitério de Staglieno, conhecido por suas belíssimas esculturas. Reis estava num mausoléu, agora transformado em ruínas. Os projéteis funcionaram e me salvaram, pensou Reis.

Espanando-se para retirar a poeira em sua roupa, Reis percebeu que saiam chamas de seus sapatos e passou a bater os pés no chão para apagá-las.

Um único detalhe. Reis não havia percebido que a seu lado estavam várias pessoas abaixadas, que assistiam a um enterro, numa distância de uns vinte metros. Todos estavam olhando para ele e muito assustados com o ocorrido. Afinal um túmulo explodir, levantar uma grande fumaça e dele sair um sujeito com os pés fumegantes, de fato, não é usual num cemitério.

Ele olhou para aquelas pessoas que estavam agachadas, algumas até já estavam se levantando e decidiu dar uma explicação no seu jeito, enquanto ainda batia os pés para apagar as chamas dos sapatos:

— Le cose sono ancora *calde laggiù*.[5]

Com a mão esquerda fez um gesto de tchau e saiu rapidamente.

Todos saíram correndo também, mas para o lado oposto de Reis.

Reis chegou à rua, chamou um taxi e seguiu para o hotel.

Ao chegar, pediu que o motorista esperasse. Entrou no saguão e pediu ao *concierge* para que pagasse a conta e lhe desse uma nova chave eletrônica para abrir a porta de sua suíte.

O *concierge* ao vê-lo todo amarrotado e sujo, pergunto-lhe o que havia acontecido e se necessitava de uma ajuda.

O agente do imperador inventou uma estória de que havia sido assaltado e que lutará com os bandidos, mas que ao final haviam levado tudo o que tinha nos bolsos.

O *concierge* lamentou o ocorrido e perguntou se desejar ir à delegacia ou se queria que chamassem os Carabinieri. Reis disse que não era necessário e que depois ele mesmo procuraria a autoridade policial.

Mal sabia Reis que ele é que estava sendo procurado pela polícia italiana.

Com a chave eletrônica em mãos, ele pegou o elevador e foi ao andar onde estava hospedado. Ao lado de sua suíte ficava o quarto em que estava hospedado o sargento.

Reis foi até a porta da suíte do sargento. Bateu na porta. Chamou pelo sargento e nada ocorreu.

---

[5] As coisas continuam quentes lá embaixo.

O agente correu para sua suíte e utilizou a porta de comunicação entre as suítes.

Ao abri-la deparou-se com o pior cenário. O sargento estava ao chão próximo à porta. O seu peito havia sido atravessado por um projétil a queima roupa. Provavelmente fora pego de surpresa ao abrir a porta.

Ele se aproximou do corpo, ajoelhou-se e foi verificar no pulso do sargento se havia algum sinal de vida. Nada. O sargento estava morto.

Reis levantou a parte superior do corpo do sargento e, de forma instintiva, colocou-a em seu colo abraçando o falecido amigo.

Uma sensação de tristeza imensa e impotência diante da morte se instalaram na mente de Reis, que rapidamente começou a relembrar a intenção de seu amigo de se aposentar; de ver os filhos formados; o amor que tinha pela esposa; o apoio incondicional que lhe dera em suas missões.

Um nó na garganta de Reis se fez, levando-o ao choro incontrolável.

Era algo nunca antes experimentado dessa forma por Reis. Ele estava acostumado com a morte, mas no caso do sargento, seu preparo psicológico e a experiência de vida como agente não foram suficientes para manter o controle.

Depois de alguns instantes, Reis recolocou o corpo no lugar. Enxugou suas lágrimas com as mãos sujas de pó e beijou a testa do velho amigo, despedindo-se dele.

Voltou para sua suíte e trancou a porta de comunicação.

Ainda atordoado com a morte de seu amigo, Reis foi trazido à realidade com batidas na porta de sua suíte.

Ele pegou sua segunda pistola e aproximou-se da porta pelo lado da parede e perguntou quem era.

A resposta lhe foi surpreendente.

— Reis, sou eu, Cristina.

Reis conhecia bem aquela voz. Abriu a porta.

Era a princesa Cristina, filha de Dom Pedro IV. Mas o que ela fazia ali?

— Alteza, entre. Falou Reis com uma certa rispidez.

— Reis, por favor, me chame de Cristina.

— Pois bem, Cristina, o que você está fazendo aqui na Itália e no meu hotel? Perguntou Reis, já retirando o paletó e a gravata, indo em direção ao armário da suíte.

— Bom, eu estava em Nuremberg numa conferência internacional e fiquei retida na Alemanha, por causa do fechamento do espaço aéreo brasileiro. Quando eu soube, por meio de meu pai, que você estava em missão na Europa e que havia chegado a Gênova. E como este é o melhor hotel da cidade, imaginei que aqui estaria hospedado. Pensei comigo que poderia ajudá-lo. Mas, o que aconteceu com você. Está todo sujo e seus olhos estão vermelhos. Estava chorando?

— Não, não estava. Mentiu Reis, pegando uma roupa esporte no armário e dirigindo-se a toalete.

Cristina foi até a porta da toalete e continuou sua indagação. Insatisfação típica das mulheres, quando os homens são sucintos.

— Reis, diga-me, o que houve.

O agente apenas respondeu:

— Espere, vou tomar um banho rápido e te explico.

Finalizado o banho, Reis saiu da toalete já vestido, secando o cabelo com uma toalha.

A princesa Cristina ficou olhando para ele.

Reis atirou a tolha na cama e passou as mãos nos cabelos tentando aplainá-los.

— Em síntese Cristina, ontem eu morri envenenado, fui enterrado e hoje ressuscitei. E acabo de encontrar o meu assistente morto na sua suíte ao lado. E não sei o que vou fazer com você por aqui. Esclareceu Reis num tom nada amistoso.

— Lamento Reis, mas...

Cristina foi interrompida pelo barulho da campainha do telefone da suíte.

Reis atendeu o telefone e ouviu uma voz que lhe trouxe alguma tranquilidade.

Era Giuseppe atropelando sua fala.

— Reis. Graças a Deus, você está vivo. Pensei que tinham te matado, afinal você sumiu. Mas percebi que você estava vivo, quando descobri que a polícia italiana está atrás de você. Dizem que você matou um cientista alemão em Lisboa. Parece-me que encontraram um vídeo de você saindo do prédio em que ele morava.

O agente ouvia tudo atentamente e, simultaneamente, se aproximou de uma das janelas do quarto, para ver o que estava acontecendo à frente do hotel.

— Giuseppe, eles já estão aqui. Interrompeu Reis.

— Reis desça pela escada de emergência que fica ao final do corredor. Vá até o primeiro subsolo. Nele há um corredor, que no seu final tem uma porta de madeira com moldura em pedras. No lado esquerdo, próxima à fechadura há uma pedra solta. Empurre que a porta se abrirá. Siga pelo corredor à sua frente e desça as escadas. Ao final você encontrará uma porta de metal com trinco interno. Bastará abrir. Você estará dentro da estação ferroviária. É o túnel secreto de Mussolini.

O agente desligou o telefone. Pegou o notebook, a pistola, uma caixa de munições e outros equipamentos. Enfiou tudo numa maleta de tecido azul, sendo observado atentamente por Cristina, que lhe indagou:

— Reis, o que está acontecendo?

Ele estendeu o braço direito a ela e falou:

— Cristina, você acaba de encontrar mais emoção em sua vida.

— Mas Reis, onde vamos?

— Depois te explico, fique quieta, você e eu estamos em perigo.

Saíram da suíte e seguiram as instruções de Giuseppe.

Vindo pelas escadas, ao passarem pelo andar térreo, ouviram o barulho dos policiais no saguão do hotel. Por sorte, não havia ninguém nem nas escadas e nem no subsolo. Aliás, o subsolo era meio lúgubre. Um corredor longo e escuro. Ao final do qual estava a porta de que falara Giuseppe.

Seguiram pelo corredor até a porta.

Era uma porta de madeira em tábuas estreitas maciças, com uma fechadura antiga de ferro e espessas dobradiças. O seu batente era em madeira escura, já bem envelhecida e sua borda era toda ornamentada em pedra cinza, já escurecida pelo tempo.

Ao lado da fechadura nessa moldura de pedras, havia uma delas que parecia meio solta. Reis a apertou e a porta se abriu. Empurrou a porta e viu um pequeno corredor e uma escadaria, mas tudo estava muito escuro. Ele procurou algo que acionasse alguma iluminação e encontrou um velho interruptor. Acionou-o e o corredor e a escadaria se iluminaram. Uma luz meio amarelada, mas o suficiente para seguir o caminho.

O agente pediu que a princesa entrasse e ele a seguiu, encostando e trancando a porta novamente.

Seguiram rapidamente pisando em chão rústico de pedra e sentindo um cheiro de ar úmido e de concreto.

Chegaram ao outro lado. Havia uma porta de metal de duas folhas como se fossem as portas de um quadro elétrico grande, vistas por trás.

Reis viu que a porta tinha um trinco metálico interno, que estava meio enferrujado. Ele forçou o trinco para abrir, mas este não cedia à ferrugem.

A princesa olhava para ele com aquela cara de quem estava achando que eles ficariam presos por ali mesmo.

O agente do imperador pediu que ela se afastasse um pouco da porta e disse:

— Algumas vezes temos que agir com mais rigor.

Ele levantou a perna direita e bateu com firmeza no trinco. O que para ele era moleza, como capoeirista.

O trinco cedeu.

Era a primeira vez que o semblante de Reis ficava mais tranquilo. Voltando aos poucos à sua idiossincrasia. Sorriu falando à princesa:

— Como dizem os frades franciscanos: carinho com rigor.

A princesa passou à frente de Reis e saiu pela porta dizendo a ele em voz baixa:

— Eu prefiro só a parte do carinho.

Eles saíram e viram que estavam numa das plataformas de embarque da estação ferroviária. Afinal, aquele túnel era uma saída secreta do hotel, utilizada pelos monarcas italianos e até por Mussolini.

Reis encostou a porta e o trinco interno novamente se fechou.

Eles caminharam pela plataforma e buscaram a saída. À frente deles havia alguns policiais. Reis não sabia se eles já estavam atrás dele ou não.

Quando se aproximavam dos policiais, Reis disse a princesa:

— Cristina, com licença.

Em seguida lhe deu beijo na boca daqueles bem ardentes justamente quando passavam pelos policiais. Estes riram e fizeram gestos como de aprovação pela conduta típica de um garanhão italiano.

Depois que passaram, Reis manteve Cristina ao seu lado, com as mãos dadas.

Chegaram à saída e logo viram Giuseppe ao lado de um veículo utilitário, um SUV.

Giuseppe olhava para os lados com muita preocupação e fez sinal para virem ao encontro dele.

— Reis, *cazzo*, numa situação como esta e você arranja uma namorada.

Quando Giuseppe percebeu de quem se tratava, rapidamente emendou, com o rosto todo vermelho de vergonha:

— Alteza, por favor, me perdoe. Ele tem fama de ...

A princesa fez sinal, com a mão, para ele se acalmar.

— Mas o que Vossa Alteza, faz por aqui? Perguntou Giuseppe.

Reis interrompeu a conversa:

— É uma longa história Giuseppe. Agora ela vai comigo, pois se for reconhecida será com certeza detida e vai ser um escândalo para a Coroa brasileira. Eu preciso ir para Paris. Depois te explico.

— Ok Reis. Utilize esta SUV. Não vai chamar a atenção.

— Pegue esse dinheiro. Disse Giuseppe retirando um maço de euros.

— De agora em diante você vai ter de usar só dinheiro, pois estão te rastreando por toda a Europa. Vá pelo sul da França até Nice e siga para Lyon. É mais longe, mas tem menos policiais nessa época do ano. Em Lyon, procure o Hotel Chasin, lá tenho um casal de amigos que são os donos, se chamam Osias e Maria Aparecida. São brasileiros e de minha máxima confiança. Eu vou avisá-los. Complementou Giuseppe falando rapidamente.

Nesse ínterim, a princesa já havia entrado no veículo e Reis assumira o volante.

Quando o agente deu partida no carro, Giuseppe despediu-se desejando boa sorte e ainda falou, referindo-se ao veículo:

— É da marca que você gosta.

Reis sorriu e agradeceu passando a mão na cabeça de Giuseppe e com ar entristecido comunicou a morte do sargento.

Giuseppe colocou a mão na boca mostrando surpresa e sacudiu a cabeça manifestando que havia entendido. Apenas respondeu:

— Eu cuido dele. Vá meu amigo. Tome muito cuidado. Se for pego na França será considerado um espião.

Reis piscou com o olho esquerdo para Giuseppe e partiu.

Já estavam na parte da tarde, Reis olhou para o relógio e viu que era mais de 15 horas. Calculou que levariam aproximadamente oito horas para chegar a Lyon.

CAPÍTULO XIII

Foram margeando o belíssimo mar Tirreno, passando pela Riviera Italiana. Rapidamente atingiram a fronteira e ingressaram na França. A paisagem, mesmo no inverno europeu, era belíssima. Do lado direito grandes montanhas de pedras, algumas delas perfuradas rusticamente pelos poucos túneis. Do lado esquerdo o mar da Ligúria, com um incrível azul indescritível, com o sol se pondo.

Local muito romântico, mas, naquele momento, Reis colocava a princesa a par de todos os acontecimentos. Ela ficou estarrecida ao saber que o marquês de Campo Grande estava vivo e por trás de tudo o que acontecia.

Passaram por Nice, seguiram para Lyon por Provença, nos arredores de Marselha. Veio uma forte chuva, até incomum para a época, mas que seria a salvação dos dois.

Durou uns trinta minutos. Era torrencial, fazendo com que Reis ligasse o limpador de para-brisas em sua posição máxima.

Passada a chuva, Reis percebeu que um motociclista os acompanhava já há algum tempo a distância.

A motocicleta parecia ser uma Harley Davidson Fat Boy preta e o seu condutor usava roupa preta, jaqueta de couro também preta, óculos escuros e cabelo tipo escovinha.

Para descontrair, Reis brincou:

— Cristina, o exterminador do futuro está atrás de nós.

Naquele momento um enorme estrondo se ouviu no veículo deles e o vidro traseiro arrebentou.

— Reis, acho que ele é o exterminador do nosso presente. Respondeu Cristina com a voz assustada, abaixando-se no banco.

— Com certeza! Disse Reis também abaixando a cabeça, tentando se proteger.

Pelo retrovisor viu que o motociclista tinha em mãos uma espingarda de canos cerrados. Alguns chamam de cartucheira de cano curto.

O agente sabia que aquela arma não tinha precisão, mas a munição se espalhava e causava grande estrago a curta distância. Por melhor que fosse sua mira, teria muita dificuldade para atirar para trás e seria alvo fácil para o seu algoz motociclista.

Reis viu uma saída para uma estrada de terra e para lá se dirigiu com seu veículo.

— O que você vai fazer? Indagou a princesa.

— Vou para um terreno onde nós vamos ter vantagem.

Passados algumas dezenas de metros, a estrada já formara barro suficiente para atolar um veículo, mas não o que Reis estava utilizando.

Reis estava dirigindo um velho SUV de tração integral e que era propício para terrenos lamacentos e escorregadios.

Com habilidade, Reis passou pelo trecho de lama e viu que, ao seu lado direito, havia um acesso que formava uma pequena estrada paralela com a altura de uns cinco metros. Devia ser o acesso a alguma propriedade rural.

Ele entrou no acesso, subiu e parou o veículo. Desceu e disse para Cristina:

— Fique aqui, você não precisa ver isso.

Reis, com a pistola em punho, deu a volta no veículo e foi para a lateral daquele acesso, que lhe dava uma visão privilegiada da estrada de baixo. Além de estar encoberto pela vegetação.

Logo ouviu o barulho da motocicleta espalhando lama para todo o lado. A moto parou. Estava com o pneu dianteiro travado no para-lama, por causa da lama espessa.

O agente especial já sabia que isto iria acontecer.

O exterminador do presente desceu da moto e encaixou a arma no coldre lateral do veículo, tentando retirar a lama com os dedos.

Reis apenas assoviou e o motociclista olhou para cima, tentando pegar sua arma, mas não teve tempo.

Implacável, o agente especial apenas disse:

— *Hasta la vista*, baby.

E com um tiro certeiro na testa alvejou o motociclista, sem qualquer chance de defesa. O corpo caiu na lama.

Retornou ao seu veículo, entrou e disse para a princesa:

— Este não mais nos incomodará. Com certeza era um agente do marquês de Campo Grande.

A princesa Cristina apenas aquiesceu com o sinal de cabeça.

Eles retornaram à estrada pavimentada, passando primeiro pelo corpo do motociclista morto.

Ao entrarem na estrada, uma preocupação veio à cabeça de Reis. Com vidro traseiro explodido, muito provavelmente seriam parados pela polícia francesa.

Logo à frente, ele viu um posto de gasolina e decidiu parar o veículo. Para abastecê-lo.

O agente parou o veículo em uma das bombas de combustível e sugeriu à princesa que descesse, para descansar as pernas um pouco, pois ele precisava resolver o problema do vidro traseiro do veículo.

— Quero ver como você resolve isso, provocou a princasa.

— No meu ramo damos jeito em tudo. Respondeu Reis já com seu bom humor habitual.

Conversando com o dono do posto, Reis inventou uma história que, com a chuva, havia caído granizo e as pedras de gelo haviam estourado o vidro traseiro do veículo e que precisava repará-lo.

Granizo no inverno europeu era algo muito inusitado, mas o dono do posto não atinou para isso.

A princesa a tudo assistia, não acreditando na estória absurda de Reis.

O sujeito ouviu tudo atentamente, pediu para Reis esperar e foi até o depósito ao lado do posto, trazendo em suas mãos uma fita adesiva e uma tela plástica transparente.

— Não acredito que ele caiu nessa. Falou a princesa em tom baixo para Reis.

— Tudo depende de jeito, Alteza. Respondeu Reis vangloriando-se de sua lábia.

Chamar Cristina de Alteza, a irritava, quando esse tratamento lhe era dado por Reis. Contudo, ele gostava de provocá-la.

Com aquele material, Reis improvisou um vidro traseiro e aproveitou a fita para tampar os poucos buracos feitos pelo tiro da espingarda calibre 12.

O agente do imperador pagou o combustível e tentou pagar a tela e a fita adesiva.

O dono do posto apenas respondeu que era uma cortesia para aquele simpático casal.

Seguiram viagem. Horas ao volante. Reis cansado. A noite chegou. Cristina dormiu e a hipnose da estrada começou a torturar Reis.

As suas pálpebras estavam muito pesadas. A imagem da estrada começava a embaralhar. Os quilômetros ficavam cada vez mais longos.

Reis tentava se concentrar, mas o dia anterior lhe fora terrível. Morreu, ressuscitou e perdeu seu grande amigo. Além de estar sendo perseguido pela Europa e estando num país que logo entraria em confronto com o Brasil.

Ele começou a cochilar de olhos abertos, quando de repente o veículo saiu da pista e foi para o acostamento. O barulho do cascalho do acostamento fez os dois acordarem.

O agente pisou no freio e o veículo parou a pouco centímetros do *guard rail* de metal.

A princesa deu um grito e olhou para Reis e depois virou para ver onde estavam e o que estava acontecendo.

Reis respirou fundo e passou as duas mãos no rosto tentando se recompor.

Cristina, mulher astuta, logo tomou a rédea da situação.

— Querido. Vá dormir, que eu dirijo. Quando chegarmos na entrada de Lyon, eu te acordo.

Ele nem titubeou, aceitou a proposta e trocaram de lugar.

A princesa dirigiu alguns metros e Reis já dormia. Ela com a mão direita fez um carinho no rosto dele com as costas da mão. Ele nem se mexeu. Estava exausto.

CAPÍTULO XIV

Por causa dos percalços que passaram, eles chegaram de madrugada em Lyon.

Reis foi acordado pela princesa.

Ela já havia até localizado o hotel pelo GPS do veículo, enquanto Reis dormia.

— Chegamos. Disse a princesa mexendo delicadamente no ombro esquerdo Reis.

Acordando rapidamente, o agente olhou para o seu lado direito e viu o hotel, que ficava na Rue De Bonnel.

— Vamos entrar com o carro pelos fundos do hotel. Disse Reis à princesa.

Ela seguiu e deu a volta no quarteirão e entrou com o veículo no estacionamento, que ficava um piso abaixo da entrada dos fundos do hotel. Reis queria garantir que poucas pessoas os vissem, mesmo naquele horário em pleno inverno europeu.

Ele bateu à porta de vidro e logo apareceu um homem alto com poucos cabelos e olhos azuis, que os mandou entrar.

Atrás dele vinha uma mulher também alta de cabelos e olhos castanhos. Ambos fizeram reverencia à princesa. Eram Osias e Maria Aparecida.

Cristina agradeceu com um aceno de cabeça e depois estendeu-lhe a mão direita.

— É uma grande honra, para nós, recebê-la em nosso humilde hotel. Disse Osias em tom reverencial.

— Eu é que agradeço a hospitalidade de vocês de darem guarida a mim e ao Reis. Respondeu a princesa.

Osias avisou-os que os hóspedes estavam dormindo e que eles lá estariam seguros. Asseverou que a pedido de Giuseppe havia preparado duas suítes, uma para Reis e outra para a princesa.

Reis sacudiu a cabeça negativamente, pois queria ficar no mesmo quarto que a princesa.

— É, Giuseppe é sempre muito cuidadoso. Afirmou Reis em tom irônico.

— Vamos descansar. Disse a princesa dando um sorrisinho maroto para Reis.

Eles subiram para as suítes. Osias e Maria Aparecida já haviam providenciado pijamas e roupas intimas para ambos. Tudo estava muito bem arrumado em cada quarto.

Maria Aparecida levou a princesa à suíte que lhe fora reservada e Osias acompanhou Reis ao quarto dele.

— Arrumei tudo da melhor forma para ajudá-los. Inclusive aquilo. Falou Osias para Reis quando abriu a porta da suíte, apontando para um balde gelo com uma Veuve Clicquot, safra 1996, no ponto de ser consumida.

Osias fechou a porta da suíte e Reis foi até o balde de gelo. Pensou em pegar a garrafa com o néctar dos Deuses e seguir para a suíte da princesa, mas desistiu da ideia. Ele poderia ser visto nos corredores e ser eventualmente reconhecido. Resolveu encarar a Veuve Clicquot e dormir.

No dia seguinte, logo cedo, Reis foi acordado com uma chamada de telefone. Era Giuseppe avisando que conseguira recuperar o corpo do sargento e que havia contatado o agente brasileiro em Paris, para auxiliar Reis. Disse, que evitou contatar o Serviço Secreto no Brasil, pois desconfiava que estava sendo monitorado por alguém.

O agente brasileiro em Paris se passava por um *concierge* num hotel centenário na Rue d´Astorg, próximo a Madeleine.

Após agradecer a Giuseppe por suas providências, também agradeceu a ele, em tom irônico, por ter reservado duas suítes no hotel em Lyon. Giuseppe não entendeu ou fez que não entendeu e respondeu que era o mínimo que podia fazer.

Reis colocou o telefone no gancho e levantou-se.

Alguns instantes se passaram e o telefone tocou novamente. Era Osias avisando que levaria o café da manhã no quarto.

Osias trouxe o café da manhã no quarto de Reis e avisou que Maria Aparecida havia feito o mesmo com a princesa. Ele providenciou outro automóvel para Reis, para despistar eventuais perseguidores e, é claro, a polícia francesa, que já estava no encalço do agente.

Ao olhar a bandeja do café da manhã, Reis já ficou com apetite. Uma belíssima omelete, como só os chefes franceses sabem fazer. Um pedaço de baguete crocante, manteiga de primeiríssima qualidade *Le Beurre Bordier*, café brasileiro forte de grãos moídos na hora, geleia caseira de morango com pedaços da fruta, *madeleines* e uma fatia de *tarte tatin*.

Reis devorou o café da manhã, agradeceu a Osias por tudo o que havia feito e disse que iria aproveitar para contatar o Brasil pelo seu equipamento.

Osias saiu do quarto, avisando que, em uma hora, ajudaria ele e a princesa a saírem do hotel sem serem vistos.

Reis ligou o seu notebook e conectou o Serviço Secreto no Brasil.

"B" atendeu ao chamado com cara de sono. No Brasil ainda era madrugada e ela estava de plantão.

— Agente Reis, onde você esteve? Faz dois dias que buscamos contato com você. Não conseguimos sequer falar com o sargento ou com Giuseppe.

— Aconteceram coisas inimagináveis. Por favor, conecte-me com o general Danimar.

Em pouco mais de um minuto Danimar estava na tela, como estava de uniforme, pelo jeito passara a noite no Centro de Defesa Aérea.

Reis esclareceu em detalhes tudo que havia acontecido e explicou seu plano em Paris.

Danimar disse que iria descobrir a agenda de Jean Michel Lebron e tentar identificar quando ele se encontraria com o marquês de Campo Grande.

Reis perguntou:

— E como estão as coisas por aí?

— Mal. Hoje começa o embargo comercial e muito provavelmente entraremos em combate se qualquer navio mercante do Brasil for interceptado. Ontem nossos caças entraram em contato visual com aeronaves inimigas no limite da fronteira marítima, próximo a Fernando de Noronha, que se afastaram. Os nervos estão à flor da pele. Um deslize e a guerra começará. Finalizou Danimar com a expressão muito séria.

— OK. Vamos proceder como o combinado.

Reis se desconectou e desligou o notebook.

Rapidamente, o agente, pegou suas coisas e as colocou na maleta. Pegou sua pistola e a colocou no coldre de axila. Vestiu o casaco.

Logo bateram à porta. Era Osias, pedindo para Reis sair. Desceram para o *lobby* do hotel que estava vazio. Poucos segundos depois chegou Cristina. Havia trocado suas roupas por outras que Maria Aparecida havia obtido. Como sempre estava linda, vestindo calça e blusa na cor marrom café e um belo casaco na cor bege. Tudo combinava com seus cabelos castanhos escuros e olhos de cor de mel.

Foram para o estacionamento. Lá já estava uma BMW 750i na cor cinza escuro, ano 1997, com o motor já ligado.

— Esse carro é de um amigo meu, André Fernandes, também brasileiro que mora aqui por perto e coleciona BMW. Eu lhe expliquei que era para uma situação de máxima urgência e para o bem do Brasil.

— Obrigado Osias. Cuide-se. Se entrarmos em guerra, você terá muita dor de cabeça por aqui. Disse Reis.

— Eu sei. Vão embora antes que alguém os veja. Respondeu Osias, fazendo sinal de adeus com a mão direita.

O agente e a princesa seguiram para Paris.

CAPÍTULO XV

Estava muito frio e nevava na cidade.

O trânsito na capital da França, como sempre, estava caótico.

Eles seguiram para o hotel em que trabalhava o agente brasileiro.

Chegaram a Rue d´Astorg. Reis já havia se hospedado naquele hotel no passado. Não era dos mais sofisticados de Paris, mas tinha uma das melhores adegas e uma cozinha gourmet primorosa.

Pararam o carro na porta do hotel, que por sorte tinha uma vaga, naquela concorrida rua parisiense.

O porteiro abriu a porta de Cristina e perguntou a Reis sobre bagagens. O agente especial disse que as bagagens chegariam depois, pois haviam se extraviado no aeroporto.

Essa explicação era necessária, pois quase ninguém se hospeda sem bagagem, principalmente duas pessoas, que apesar de falarem bem francês, podiam ser identificadas como estrangeiras.

Entraram no hotel. O *lobby* era todo em mármore e com colunas romanas. Móveis em estilo Luiz XV. Ao fundo as portas do restaurante gourmet.

Rapidamente eles foram recebidos pelo *concierge*, que tinha uma mesa do lado oposto do balcão da recepção.

Era um homem de estatura mediana, magro, um pouco calvo, cabelos escuros curtos e que usava cavanhaque. Vestia fraque curto. Seu nome: Porcer. Ele fez sinal aos dois recepcionistas do hotel, que estavam à sua frente no outro balcão, que ele mesmo atenderia os dois novos hospedes.

Em francês impecável, Porcer convidou-os para conversarem sentados à sua mesa.

Ele entregou duas fichas de identificação já preenchidas, com nomes falsos e identificação como se fossem espanhóis.

Pegou duas chaves magnéticas e pediu que o seguissem.

Ele apenas falava sobre a beleza de Paris mesmo no inverno rigoroso que enfrentavam. Reis e Cristina o seguiam.

Pegaram o elevador, desceram no terceiro andar, seguiram pelo corredor à direita e na segunda porta ele parou abrindo-a e pedindo que Cristina entrasse.

Quando Reis ia entrar, Porcer o segurou pelo antebraço direito e lhe disse em português:

— Agente Reis, seu quarto é ao lado.

— Princesa. Tenha uma boa estadia.

Porcer prestou reverência à princesa e cerrou a porta.

Reis olhou indignado para Porcer, que se mantinha impassível.

O *concierge* caminhou até a porta seguinte e a abriu.

— Esta é sua suíte.

Reis entrou e jogou sua maleta na poltrona do quarto, virando-se para a porta, pois sabia que Porcer iria lhe falar.

O *concierge*, com muito cuidado, olhou para os lados e entrou na suíte de Reis e dirigiu-se a ele:

— Desculpe-me Reis, mas Giuseppe disse-me que era para providenciar acomodações individualizadas para vocês e que a princesa não deveria ser importunada e mantida em máxima segurança.

— É, Giuseppe é muito cauteloso. Respondeu Reis com cara de desânimo. Ele não conseguia ficar sozinho com a princesa. Pensou: quando tudo isso acabar vou ter uma conversa séria com o Giuseppe.

Na verdade, Giuseppe não tinha a menor ideia de que os dois se gostavam e achava que Reis tinha que ser mantido longe da princesa, para o bem da monarquia.

— Porcer, preciso ter acesso a um heliporto aqui próximo e a suas coordenadas.

Começou a falar Reis, explicando seu plano.

Por fim, Reis pediu para Porcer providenciar um terno, camisa, sapatos sociais e casaco para ele.

Porcer respondeu afirmativamente com a cabeça saindo da suíte.

O agente pegou seu notebook e conectou-se com o Serviço Secreto Imperial e recebeu a informação que queria. Na agenda de Jean Michel Lebron, no site da *Paix Verte et Blanche*, havia um compromisso às 7 horas da noite sem a indicação do que se tratava. Reis intuiu que seria certamente o encontro com o marquês de Campo Grande.

Às 6 horas da tarde, Reis saiu de sua suíte e parou em frente à porta do quarto da princesa. Bateu e porta se abriu. Ela já havia trocado as roupas por outras providenciadas por Porcer. Vestia um vestido estampado com várias cores. Aproveitando-se do calor da calefação do hotel.

O agente colocou apenas a cabeça na porta entreaberta e disse:

— Vou seguir em missão. Quem sabe consigo acabar com isso.

— Vou com você. Respondeu a princesa, buscando o casaco que estava na poltrona do quarto.

— Não senhora, fique por aqui. Respondeu Reis.

— Eu irei voando. Complementou o agente.

Cristina, sem nada entender, voltou-se para a porta e encostou sua mão direita no rosto de Reis e lhe beijou a boca.

— Boa sorte, meu querido.

Reis sorriu e puxou a porta fechando-a.

Desceu até ao lobby. Porcer estava lá e fez sinal para acompanhá-lo ao restaurante, como se fosse mostrar o local.

Passaram pela porta do restaurante, que ainda não estava aberto, e foram para a cozinha e de lá saíram pelos fundos do hotel. Reis trazia o seu notebook embaixo do braço, pois seria peça importante em sua estratégia.

Andaram uns cinquenta metros e na esquina entraram em um prédio envidraçado. Pegaram o elevador e foram para o último andar do prédio.

Ao saírem do elevador, foram para a escada de incêndio e subiram para o heliporto.

Ventava muito e fazia frio.

Reis já envergando seu terno e com o robusto casaco ficou olhando para o céu já escuro de Paris.

Porcer também ficou olhando para o céu, mas sem saber bem o que iria acontecer.

Um ruído de hélices começou a se tornar mais audível, mas ambos nada viam. Reis sabia do que se tratava.

O ruído se tornou mais intenso e começou uma pequena ventania na base no heliporto. De uma hora para outra o ruído cessou e a ventania também.

O agente tirou de seu bolso um pequeno controle remoto e o acionou, na frente deles surgiu o VVI, Veículo Voador Invisível do Dr. Vinícius. Tratava-se da unidade que estava escondida na Europa.

Com um outro toque no controle, a porta lateral esquerda do VVI se abriu e podia se ver o seu interior que lembrava muito um *cockpit* de um caça a jato.

Porcer estava boquiaberto. Apenas balbuciou:

— Puxa, o pessoal anda inventando cada coisa ultimamente.

Reis bateu no ombro direito de Porcer e falou:

— Muito obrigado, meu amigo, vamos matar o leão de hoje.

O agente entrou na cabine do VVI, fechou a porta e começou a decolar, voltando ao estado de total invisibilidade.

Subiu uns trinta metros e partiu em direção ao único edifício alto da Paris antiga, que fica em Montparnasse. No último andar do edifício com mais de 200 metros de altura, ficava a sede do *Paix Verte et Blanche*.

E lá havia também um heliporto.

CAPÍTULO XVI

O passeio por cima de Paris à noite era belíssimo, contudo, o que Reis podia ver eram as imagens das cinco telas digitais, já que não havia janelas naquela engenhoca futurista.

Em poucos minutos chegou à sede da *Paix Verte et Blanche*. Fez um pouso suave e tranquilo.

Ele certificou-se que não havia ninguém no heliporto. Abriu a porta do veículo e desceu. Acionou o controle e a porta se fechou, voltando o equipamento à sua condição de invisibilidade.

Reis caminhou até a porta da escada de incêndio, na qual estava instalada uma câmera de segurança. Ele andou margeando o campo de visão da câmera e ao seu lado colocou o bloqueador de imagens e o acionou.

Agora o agente teria cinco minutos.

Já eram 7 horas e poucos minutos.

Reis abriu a porta com cuidado, usando sua micha.

O corredor era razoavelmente iluminado. Ele desceu um andar.

O agente especial não adentrou o corredor que levava à sala de Jean Michel. Parou, abriu o notebook, acionou o aplicativo que dava acesso às câmeras, igual ao do seu smartphone e olhou para as imagens reais captadas.

Na porta da sala de Jean Michel havia dois seguranças. Dentro da sala estava o marquês de Campo Grande, dois seguranças e Jean Michel, que naquele momento abria uma imensa mala cheia de euros, colocada na escrivaninha.

Reis sabia que se atacasse os dois seguranças no corredor, isto alertaria os outros dois e ele perderia a vantagem da surpresa.

Fechou o notebook e voltou para o VVI. Abriu o veículo e entrou no *cockpit* para procurar algo. Abaixo do painel, do lado direito, havia algo parecido com um porta-luvas. Reis abriu e dentro dele estava o que procurava. Era o *joystick* para a função de controle remoto, pois desconfiava que deveria haver um dentro do veículo.

Saindo do VVI, Reis trancou a porta dele novamente. Abriu o notebook e o colocou a seus pés, com a tela bem aberta, para que pudesse ver as imagens das câmeras. O tempo dos cinco minutos de congelamento das imagens esvaia-se.

Acionou o *joystick* e percebeu que aquele pequeno console eletrônico reproduzia a maioria dos comandos do veículo.

Ligou e começou a elevar o VVI a uma distância de 2 metros de altura do piso, o fez derivar para estibordo colocando-o para fora da área da cobertura do edifício. Depois o fez abaixar.

Em seguida, olhou para a tela para ver a imagem da sala de Jean Michel. A câmera da sala, por sorte estava colocada num ângulo que dava para ver a janela da sala dele. Na realidade era uma parede envidraçada em cor escura.

Com muito cuidado, olhando para o monitor do notebook, Reis colocou o VVI ao lado da janela envidraçada da sala de Jean Michel e fez com que o veículo colidisse com o prédio. As vidraças arrebentaram com o impacto e o VVI perdeu a invisibilidade, mostrando sua aparência real.

A confusão foi total na sala de Jean Michel. Os dois seguranças que estavam no corredor, entraram na sala dele para ver o que acontecia.

O agente do imperador apertou a tecla de retorno do *joystick* e jogou o pequeno console no chão. Reis imaginava que aquela tecla faria o VVI voltar ao local do último pouso. E de fato, era essa mesma a função. Intuição e sorte. Elementos que, geralmente, ajudavam o agente. Ele até abusava muitas vezes de ambas.

Rapidamente abaixou-se, pegou o notebook e correu para o andar da sala de Jean Michel.

Abriu a porta corta fogo. O corredor estava vazio e porta da sala estava aberta.

O agente sacou sua pistola, colocou o notebook no chão do corredor, encostado na parede, ao lado da porta, e se posicionou com a arma em mãos em posição de tiro, mandando a todos que ficassem de braços levantados. Utilizou o idioma português mesmo, pois sabia que pelo menos o marquês entenderia, apesar de que uma arma apontada faz as pessoas compreenderem qualquer idioma.

Três dos seguranças estavam olhando para a janela de costas, juntamente com o marquês, todos tentando descobrir o que havia acontecido. Eles estavam de frente para a parede envidraçada em seu lado direito. No canto diametralmente oposto estava Jean Michel, com o rosto arroxeado, sendo estrangulado pelo quarto segurança. Um sujeito alto, forte e com a cabeça raspada.

Os três seguranças levantaram os braços, mas quando viraram, um deles tentou sacar a sua arma, uma pistola Glock, para atingir Reis, o mesmo fizeram os outros dois.

O agente do imperador em ato reflexo disparou a arma, atingindo os três com tiros mortais no peito de cada um.

O quarto segurança que esganava Jean Michel o empurrou em cima da escrivaninha e foi tentar sacar sua pistola, para atingir o agente, mas não teve tempo. Reis o matou com um tiro certeiro na testa.

Nesse ínterim, o Marquês atirou-se ao chão para tentar pegar uma das pistolas, mas não teve tempo. Reis lhe deu um tiro na coxa esquerda, para imobilizá-lo. O marquês virou no chão sem fazer grandes alardes, levantou o dorso e apoiou as duas mãos na coxa esquerda como se tentasse descobrir o tamanho da lesão que havia sofrido.

Reis sabia que esse tipo de ferimento não doía demais, exceto se tivesse fraturado o fêmur.

Finalizado o tiroteio, Reis dirigiu-se para Jean Michel que começava a recobrar os sentidos. Ele estava de joelhos ao lado da sua escrivaninha. Muito assustado, pois não imaginava que o Marquês iria mandar matá-lo.

O agente puxou uma cadeira e colocou Jean Michel sentado de frente para a mesa.

Ambos ouviram um barulho de metal e vidros e quando olharam para a parede envidraçada, toda estilhaçada, perceberam que o marquês havia sumido.

Reis correu para a vidraça e viu um paraquedas negro se abrindo na bela noite parisiense. Era o marques em fuga. Com certeza o projetil disparado pelo agente não havia fraturado o fêmur esquerdo do fugitivo.

O agente pensou: ele sempre tem um plano B.

Lamentou a fuga do marquês, mas Reis tinha que completar seu plano.

Voltou-se para Jean Michel, que continuava sentado e com cabeça baixa, meio atordoado. Reis foi até ele e levantou a cabeça dele, virando-a para seu lado.

Com voz firme, Reis disse a ele que chegara a hora dele corrigir os erros que cometeu, pois estava colocando o Brasil em guerra contra quatro potências mundiais.

CAPÍTULO XVII

Enquanto Reis desenvolvia seu plano, nas águas territoriais do Brasil o combate estava prestes a eclodir.

Era ainda dia no Brasil. Céu azul e claro.

A frota francesa já estava na altura do litoral paulista, mas ainda em águas internacionais e esperava o primeiro navio mercante que ultrapassasse o limite do mar territorial brasileiro, para impedir que seguisse viagem.

Do outro lado, a uma distância de cinco quilômetros estava a frota brasileira capitaneada pelo porta-aviões Barroso. O céu estava infestado de aviões brasileiros e franceses, todos prontos para o combate.

A fragata Rio Grande do Sul estava à frente da frota. Nela estava o príncipe herdeiro Luiz, filho de Dom Pedro IV, que fez questão de acompanhar a Marinha Imperial naqueles momentos que poderiam colocar o Brasil numa guerra sem precedentes.

Apesar das recomendações do primeiro-ministro Felipe Humberto Cordeiro e do próprio imperador, Dom Luiz não arredou pé de seu desejo de estar à frente da Armada num eventual conflito. Ele era conhecido como o Príncipe Soldado, uma alusão ao Rei Abdullah II da Jordânia, conhecido como o "Rei Soldado".

Dom Luiz tinha cursado a Academia Naval Imperial e seguido na carreira até chegar ao posto de capitão de fragata.

Era um militar exemplar e muito destemido, tendo sido ferido no Haiti em uma emboscada numa missão de paz da ONU comandada pelo Brasil.

O príncipe herdeiro estava no centro de informações de combate da fragata, ao lado do comandante Ruiz. O ambiente estava tenso. A luz encarnada estava acesa no centro de informações. Tudo estava sendo monitorado pelos sistemas eletrônicos da belonave, dotada do sistema AEGIS

Um sargento da sala do centro de combate, que controlava o radar alertou o comandante da fragata:

— Senhor, o navio graneleiro Tibiriçá acaba de entrar em águas internacionais. A fragata francesa está em rota de interceptação.

— Comunicações. Alerte o comandante da fragata francesa que se interceptar o navio brasileiro, isto será considerado ato de guerra.

Passados alguns segundos, o sargento fez novo alerta ao comandante:

— Senhor, a fragata francesa prossegue na rota de interceptação.

— Um tiro de advertência à frente da proa da fragata francesa.

A ordem do comandante foi repassada ao oficial de controle de armas do navio de combate.

Um tiro de advertência foi disparado pelo canhão de proa de 120mm da Fragata Rio Grande do Sul.

— A fragata continua em rota de interceptação. Avisou o sargento do radar.

O comandante Ruiz olhou para o príncipe herdeiro, e este fez um sinal com positivo com a cabeça. Nova ordem do comandante:

— Mais um tiro de advertência à frente da proa da fragata francesa.

O sargento que controlava o radar informou que a fragata francesa continuava em rota de interceptação.

Nesse momento, outro sargento que controlava o sistema de sensores do navio avisou ao comandante:

— A fragata francesa está acionando seu sistema de armas.

— Alerta geral. Gritou o comandante brasileiro.

CAPÍTULO XVIII

Reis colocou seu notebook na frente de Jean Michel e se conectou com o Serviço Secreto Imperial.

Na tela apareceu a imagem de "M". Reis puxou o notebook para sua frente e perguntou a ela:

— Tudo pronto? A reunião do conselho está em curso ainda?

O agente se referia à reunião do Conselho de Segurança da ONU, que tinha uma sessão extraordinária em Nova Iorque acontecendo naquele instante.

— Sim, estamos prontos para transferir sua transmissão.

— Avise o embaixador Gomara que o nosso amigo aqui vai fazer um depoimento. Disse Reis, recolocando o notebook na frente de Jean Michel.

Logo apareceu a imagem do embaixador Claudio Gomara, que representava o Brasil na sala do Conselho de Segurança da ONU, dirigindo-se ao presidente do órgão:

— Sr. Presidente. Por favor, solicito que a imagem do meu monitor seja transmitida aos demais embaixadores aqui presentes e colocada também no monitor principal. O que será dito agora acabará com atual crise que enfrentamos.

Reis com a pistola cutucou o ombro direito de Jean Michel e ele começou a falar.

Em idioma inglês carregado de forte sotaque francês, Jean Michel explicou que foi procurado por Constantin Ricrasgna, um banqueiro russo, que lhe prometera conseguir a tão sonhada internacionalização da Amazônia brasileira. Disse que Constantin precisava dele, para enviar as imagens e os dados referentes ao ataque que faria à floresta com um agente químico. Destacou que Constantin havia contratado mercenários e utilizado aeronaves muito semelhantes às da Força Aérea Imperial brasileira e que o agente químico fora fornecido por um cientista alemão. Disse que, com as informações que receberia, o governo brasileiro facilmente seria responsabilizado pelo ataque e que algumas nações iriam forçar o Brasil a entregar a floresta Amazônica para o mundo.

Nesse instante, Reis cutucou o ombro de Jean Michel e falou baixo:

— *Parler de l'argent*[6].

Jean Michel retomou o fôlego e continuou dizendo que Constantin lhe prometera uma fortuna em dinheiro vivo, para as atividades de sua organização.

Reis interrompeu e virou o notebook em direção à mala que já havia caído no chão, quando Jean Michel foi jogado contra a escrivaninha e espalhara dinheiro por toda a sala. Depois retornou o notebook para a frente do francês para a continuidade de sua confissão.

Jean Michel continuou explicando que tudo fora um engodo e que na verdade Constantin, ou na verdade o marquês de Campo Grande, queria matá-lo, para não deixar qualquer rastro de seu maléfico estratagema.

Naquele instante, o embaixador brasileiro interrompeu a transmissão e falou a todos na sala do Conselho de Segurança.

---

[6] - Fale do dinheiro.

— Senhores, foi tudo um engodo. Estamos prestes a iniciar uma guerra por causa de um louco.

Imediatamente os embaixadores das potências que implementavam o embargo comercial começaram a fazer chamadas em seus telefones celulares.

Rapidamente os embaixadores da França, da China e da Rússia levantaram-se e foram ao encontro do embaixador dos Estados Unidos. Conversaram rapidamente entre eles e todos fizeram sinais com suas cabeças de que haviam chegado a um consenso, apesar de flagrantemente inconformados.

O embaixador americano pediu a palavra e informou que o embargo comercial havia sido suspenso e que as frotas receberiam ordens para retornar aos seus países de origem.

No centro de informações de combate da fragata Rio Grande do Sul, o sargento que controlava o radar informou ao comandante:

— A fragata francesa está virando a bombordo.

O oficial de comunicações avisou o comandante Ruiz que o almirante Bicca queria lhe falar pelo rádio.

O comandante Ruiz recebeu a feliz notícia de que o embargo havia sido suspenso. Ele soltou o ar do peito, sacudiu a cabeça e fechou os olhos numa evidente sensação de alívio. Em seguida comunicou a todos no centro de comando o fim das hostilidades.

O príncipe herdeiro sorriu e cumprimentou o comandante com um forte aperto de mão.

Encerrada a confissão de Jean Michel, Reis ouviu ruídos nos corredores. Certamente era a polícia francesa chegando.

Reis pegou o notebook, fechou-o e saindo rapidamente da sala e disse para Jean Michel:

— *Au revoir*.

Agora Jean Michel era problema das autoridades francesas.

O agente correu para a cobertura entrou no VVI e partiu de volta ao heliporto próximo ao hotel.

Reis voltou para o hotel em que estava hospedado. Entrou no lobby e atirou o controle remoto do VVI para Porcer e falou:

— Por favor, mande estacionar para mim.

Porcer pegou o controle remoto e ficou olhando para Reis, que se dirigia ao elevador e gritou:

— Mas como eu faço para... as roupas...

O *concierge* percebeu que havia chamado a atenção de todos os empregados do hotel, que estavam na recepção, que agora olhavam para ele.

Com ar de reprovação, olhou para todos e disse-lhes que era para cuidarem de suas tarefas, que ele resolveria o problema do cliente como sempre fazia.

Reis foi direto para a suíte da princesa Cristina. Bateu à porta e se identificou. A porta se abriu e lá estava a princesa que o abraçou e perguntou:

— Reis, deu tudo certo? Estava preocupadíssima com você.

— Fique tranquila, o meu plano deu certo. Agora, provavelmente, o embargo foi suspenso e o risco de uma guerra acabou.

Eles se beijaram longa e ardentemente.

Depois, esticando os braços, para olhar para princesa, Reis lhe disse:

— Prepare-se para jantar. Eu já pedi para o Porcer providenciar tudo para esta noite. Lá vou te explicar como tudo ocorreu. Esta noite é nossa. Te espero no restaurante às 21 horas.

Reis deu-lhe mais um beijo e fechou a porta.

Às 21 horas Reis estava no restaurante, vestindo um smoking, já instalado numa mesa. Ele estava sozinho, pois reservara todos as mesas para não ser incomodado. Na prática fechara o restaurante para uso exclusivo dele.

Sorvia com satisfação e regozijo um champanhe Don Perignon safra 1998, quando ouviu um grande burburinho no *lobby* do hotel. Resolveu ver o que estava acontecendo. Ao abrir a porta do restaurante viu uma massa de repórteres, microfones e câmeras. Parecia que toda a imprensa francesa estava no saguão do hotel.

O elevador chegou ao andar térreo e a porta se abriu. Lá estava a princesa Cristina com um lindo vestido tomara que caia preto, muito semelhante a um que Elizabeth Taylor usara no filme Cleópatra de 1963, quando fugia de Roma. Adornava seu corpo ainda uma bela estola preta.

No colo do peito envergava um belo colar de pérolas.

Porcer tinha sido muito feliz nas escolhas.

Mas os repórteres correram ao encontro da princesa, que mal conseguiu sair do elevador. Todos faziam muitas perguntas em vários idiomas. Na verdade, todos queriam saber o que a princesa tinha a falar sobre o fim do embargo comercial.

Ela ficou atônita e tentou ser gentil com todos. Reis tentava chegar até ela, mas a massa de repórteres o impedia.

Naquele instante, chegaram alguns homens vestidos de ternos escuros, com comunicadores em seus ouvidos. Seguranças com certeza, que começaram a afastar os repórteres da princesa e a levaram para fora do hotel. A frente deles vinha o embaixador do Brasil na França, Fernando Fragoso.

O embaixador brasileiro começou a explicar aos repórteres que a princesa estava naquele hotel incógnita e que agora ela iria para a segurança da embaixada e que ele estava à disposição de todos para os devidos esclarecimentos.

A princesa Cristina quase saiu carregada do hotel e apenas olhou para trás, vendo Reis com o semblante de muita decepção.

Os seguranças cobriram a princesa com um grosso casaco preto e a colocaram dentro de uma limusine, que estava estacionada na porta do hotel.

Reis assistiu a tudo atônito, mas nada podia fazer, pois aproximar-se dela, naquela situação, provavelmente prejudicaria a imagem dela e sua atividade como agente do Serviço Secreto Imperial cessaria por completo, pois não mais permaneceria incógnito.

O agente voltou-se para o restaurante e decidiu afogar as mágoas no champanhe.

Sentou-se à mesa. Quando ia começar a sorver seu líquido preferido, foi interrompido pela chegada de Porcer.

Ele abriu a porta e entrou calmamente no restaurante. Pediu, ao único garçom presente, para sair do salão do restaurante.

Porcer aproximou-se de Reis, entregou-lhe um celular e falou bem baixo ao pé do ouvido.

— É o imperador. Ele quer te cumprimentar.

Reis atendeu e ouviu:

— Meu amigo, mais uma vez o Império do Brasil está em dívida com você. Sua missão foi cumprida com pleno sucesso. Estávamos na iminência de uma guerra, que foi evitada por você de uma forma espetacular. Arriscou a vida pelo Brasil. Reis, você merece uma grande retribuição. Por favor, me diga o que deseja.

O agente fez silêncio ao telefone. Sua vontade era pedir a mão da princesa Cristina em casamento e revelar seu grande amor por ela, mas ele sabia que não era a hora e nem o momento para isso. Havia uma imensa lacuna entre eles dois. Uma princesa e um agente secreto. Não era possível.

— Majestade, apenas cumpri meu dever. Vou descansar dois dias por aqui e voltarei para me apresentar ao trabalho. Esta foi a resposta de Reis.

Porcer olhou para Reis e sentiu a tristeza em seus olhos.

— Reis! Hoje é dia de alegria. Você salvou o Brasil. Erga-se homem.

O agente, com cara meio insatisfeita, puxou uma cadeira e pediu para Porcer sentar.

— Muito bem. O que foi tudo isso?

— Então Reis. Uma camareira do hotel argentina reconheceu a princesa e avisou a imprensa. Eu só descobri quando os repórteres começaram a chegar. E a notícia chegou à embaixada, logo o imperador mandou buscá-la imediatamente. Explicou Porcer.

O agente puxou uma cadeira e falou para Porcer:

— Bom, então sente aí e tome uma taça de champanhe comigo. Afinal matamos um leão hoje.

— E dos grandes. Respondeu Porcer, sentando-se e pegando uma taça.

Passados os dois dias de descanso merecido de nosso agente, Reis voltou ao Brasil.

Era uma manhã ensolarada no Rio de Janeiro. Um calor intenso. Reis agora vestia o uniforme branco de capitão de mar e guerra da Marinha Imperial. Suava em bicas.

Ele estava num evento no Memorial aos expedicionários da Segunda Grande Guerra. Estavam presentes embaixadores de diversos países, muitas autoridades, imprensa e mais uma verdadeira multidão de pessoas.

O primeiro-ministro, Felipe Humberto Cordeiro, explanava ao público acerca das medidas, que seriam empreendidas pelo Governo Imperial para refazer a parcela da floresta Amazônica, que fora atingida pelo Escarlate.

No palco instalado, estava sentado o imperador Dom Pedro IV acompanhado das maiores autoridades do Império.

Encerrado o discurso do primeiro-ministro, este saiu do púlpito e se sentou ao lado direito do imperador. Nesse momento, Dom Pedro IV sacou um papel do bolso interno de seu paletó e o entregou ao primeiro-ministro dizendo-lhe:

— Acabo de transferir essa quantia ao Tesouro do Império, para contribuir com a reparação da floresta.

O primeiro-ministro abriu o papel, que estava dobrado, e viu que se tratava de uma transferência eletrônica de fundos de uma imensa quantia e falou baixo ao imperador:

— Majestade. Isto é metade de todo o patrimônio da Família Imperial.

No que Dom Pedro IV respondeu também em tom baixo:

— Esse dinheiro não é meu e nem de minha família, é do povo brasileiro. Dê o destino adequado.

O evento foi finalizado com uma grande salva de palmas.

Ao lado de Reis estava o capelão do distrito naval carioca.

— Capelão, vamos. Disse Reis em tom sério.

Eles seguiram de carro e depois andaram alguns quarteirões em profundo silêncio. O semblante de Reis estava muito carregado. Ele estava ansioso, sentia um aperto no peito. Sua respiração era mais profunda que a habitual e suas mãos suavam.

Ambos chegaram a um prédio na rua General Glicério, Laranjeiras, bairro do Botafogo. Logo o porteiro abriu o portão aos dois.

Eles adentraram ao prédio e se dirigiram ao elevador.

Era a missão mais difícil que o agente do imperador enfrentara em sua vida: comunicar a morte do sargento Adilson Reis à sua esposa e família.

UM PAÍS SE FAZ COM
HOMENS E LIVROS.
DE MONTEIRO LOBATO

ESTA OBRA FOI COMPOSTA PELA SPRESS
EM ELECTRA E IMPRESSA EM PAPEL
PÓLEN SOFT 80G/M² NO MIOLO E
CARTÃO SUPREMO 250G/M² NAS CAPAS,
PELA POWER GRAPHICS PARA
A LINOTIPO DIGITAL NO VERÃO DE 2020.